10/19

W9-AZM-699

FRUTO DEL ESCÁNDALO
Heidi Rice

Editado por Harlequin Ibérica.
Una división de HarperCollins Ibérica, S.A.
Núñez de Balboa, 56
28001 Madrid

© 2018 Heidi Rice
© 2019 Harlequin Ibérica, una división de HarperCollins Ibérica, S.A.
Fruto del escándalo, n.º 2699 - 15.5.19
Título original: Bound by Their Scandalous Baby
Publicada originalmente por Harlequin Enterprises, Ltd.

I.S.B.N.: 978-84-1307-733-8
Depósito legal: M-10316-2019
Impresión en CPI (Barcelona)
Fecha impresión para Argentina: 11.11.19
Distribuidor exclusivo para España: LOGISTA
Distribuidor para México: Distibuidora Intermex, S.A. de C.V.
Distribuidores para Argentina: Interior, DGP, S.A. Alvarado 2118.
Cap. Fed./Buenos Aires y Gran Buenos Aires, VACCARO HNOS.

Capítulo 1

LUKAS Blackstone odiaba las multitudes, pero odiaba mucho más las habitaciones oscuras. Aquella noche iba a tener que enfrentarse a ambas a la vez. Sintió cómo le corría un chorro de humillante sudor por la frente y se la limpió con impaciencia con la manga de la chaqueta del esmoquin. Más que un esmoquin, tenía la sensación de llevar puesta una chaqueta de fuerza que le oprimía el pecho, cortándole la respiración. El miedo irracional hacía que se le encogiese el estómago.

Miró hacia los invitados VIP que se arremolinaban debajo de él, en el salón *art déco* de Blackstone's Manhattan, el buque insignia de sus hoteles, situado en Central Park West.

Había estrellas de Hollywood, empresarios, leyendas del rock, magnates de los medios de comunicación; brillaban joyas de valor incalculable y el champán corría junto al bufé lleno de *delicatessen* preparadas por un chef galardonado. Una orquesta con treinta músicos tocaba las últimas notas de un vals vienés. El Baile de Luna Llena del Backstone's era el evento más importante de la temporada, pero a Lukas le ocurría todo lo contrario que a su hermano gemelo, Alexei, siempre le había parecido un hervidero de gente dispuesto a tragárselo vivo.

«No te preocupes, hermanito. Sé que no quieres bailar en la oscuridad con una de esas chicas, lo entiendo, pero después no me vengas llorando cuando yo triunfe y tú, no».

Escuchó la voz de su hermano, petulante e irreverente, con aquel encanto que había hecho a Alexei irresistible para las mujeres, y sintió que el estómago se le encogía todavía más.

Se metió los puños en los bolsillos de los pantalones y dejó que la tristeza lo invadiera mientras seguía con la mirada clavada en la pista de baile. Una empalagosa nube de perfumes caros y colonias subió hasta el entresuelo en el que estaba él, lejos de las miradas curiosas.

—Señor Blackstone, el señor Garvey quiere saber si ha elegido ya su pareja para el vals.

Lukas se giró y vio a uno de los subalternos de su jefe de relaciones públicas, Dex Garvey. Se miró el reloj. Eran las doce menos diez. «Maldita sea».

Apartó la sombra de los recuerdos de su mente. Tenía que aparecer en el salón de baile a medianoche, momento en el que se atenuaría la iluminación, y pedir a una mujer que bailase con él, creando así un espectáculo para la prensa que tenía lugar desde los años veinte.

Era una tradición que había empezado su bisabuelo, un peligroso contrabandista ruso que había utilizado aquel Baile de Luna Llena como un modo brutal de acercarse a inocentes muchachas de la alta sociedad neoyorkina.

Por desgracia, Dex Garvey pensaba que Lukas podía seguir haciendo aquello.

–Dile a Garvey que eso no es asunto suyo –replicó.

El subalterno entendió la indirecta y desapareció.

Molesto con la idea de tener que dar un espectáculo público, recorrió la pista de baile con la mirada en busca de una candidata apropiada. Ya habían anunciado el momento del Vals Oscuro y las mujeres que cumplían los requisitos se habían reunido en el centro de la pista.

Lukas ignoró a las herederas de algunas de las mejores familias de Europa y América. Sabía que Garvey las había invitado con la esperanza de que escogiese a alguna y de que se corriese la voz de que buscaba esposa, ya que Blackstone's iba a abrir su primer complejo hotelero de lujo para familias en las Maldivas.

La entrada en el mercado familiar era una decisión comercial importante y una oportunidad para consolidarse como marca de lujo en todos los sectores de la industria hotelera del mundo, pero Lukas no tenía la intención de formar una familia solo para hacerle publicidad.

Salió de su refugio y bajó las escaleras con el estómago encogido, consciente de que una marea de mujeres ansiosas lo observaba. Se escucharon las primeras notas del vals y Lukas sintió un zumbido en los oídos. Entonces, vio a una joven que parecía estar sola.

Al contrario que las demás, que daban muestras de nerviosismo, aquella parecía frágil y su gesto era de cautela.

Sintió atracción por ella. Era esbelta y llevaba un vestido verde de satén, de corte clásico y mucho más sencillo que el resto de vestidos de diseño de las demás. Tenía la piel clara, color marfil, y una melena de salvajes rizos rojizos que llevaba recogida de manera caótica y que Lukas deseó liberar.

Las luces se atenuaron y la piel de la joven brilló bajo la luz de la luna mientras él se acercaba lo suficiente como para estudiar sus facciones. No tardó en reconocerla.

Era Darcy O'Hara, la chica que había intentado chantajear a Alexei cuatro años atrás, poco antes de su muerte. ¿Qué demonios estaría haciendo en Nueva York?

Lukas quiso retroceder, invadido por la ira y el dolor, pero supo que no podía cambiar de dirección ni detener sus pasos. Una lluvia de flashes lo salpicó y el resto de mujeres empezó a disgregarse porque era evidente que él se había centrado en aquella.

La tensión desapareció de repente, activando una reacción en cadena por todo su cuerpo, el instinto depredador era como una droga.

Ella se puso tensa, lo miró a los ojos y tembló como una gacela que acabase de sentir la presencia de una pantera.

Pero no se movió de donde estaba.

Aquello le habría dado puntos si Lukas se hubiese creído aquella imagen frágil y asustada. Su sed de venganza era más fuerte que aquel miedo que lo había perseguido desde la niñez en cuanto caía la oscuridad. La única iluminación eran los rayos de luna llena que entraban por el tragaluz del techo. El temor se vio reemplazado por la ira y por una inexplicable punzada de deseo.

«Tenías que haber salido corriendo, Darcy, porque no te va a gustar lo que va a ocurrir a continuación».

La agarró con fuerza por la delgada muñeca y puso un brazo alrededor de su esbelta cintura para acercarla a él.

Sin pedirle permiso, la hizo girar al mismo tiempo que comenzaba la música y después la atrapó contra su cuerpo. Ella arqueó la espalda, sobrecogida, y Lukas sintió su respiración acelerada y la suavidad de la piel de su espalda.

La sujetó insultantemente cerca de su cuerpo y la obligó a seguir su ritmo.

No le importó tratarla como a una fulana porque lo era.

Darcy O'Hara iba a pagar por las mentiras que le había contado a Alexei y por haberse colado en aquella fiesta. Cuando terminase el baile, todos los paparazzi de Manhattan sabrían que era una manipuladora y una interesada, él mismo se lo demostraría al mundo entero.

—Señor Blackstone... —balbució ella casi sin aliento—. Me está haciendo daño.

Él redujo la presión, pero solo lo suficiente para no lastimarla. Al fin y al cabo, el monstruo allí no era él, sino ella.

–Llámame Lukas –espetó, pensando en Alexei.

Su hermano había sido irresponsable e impulsivo, y se había dejado engañar por un rostro bonito.

Bronte O'Hara se sintió aturdida y asustada cuando Lukas Blackstone la agarró con fuerza por la cintura.

Intentó entender lo que acaba de ocurrir mientras su cuerpo ardía al entrar en contacto con aquel hombre al que no había visto nunca antes y contuvo las ganas de protestar.

Sintió que se le cortaba la respiración bajo aquel vestido demasiado ajustado que se había comprado el día anterior para poder colarse en aquel baile y conocer al hombre que podía ser la única esperanza de su sobrino. Sabía que Lukas Blackstone era un cretino por cómo había tratado a Darcy cuatro años antes. No obstante, había decidido pedirle ayuda y se había preparado para recibir su atención, pero no había esperado aquello.

La fuerza de su mano en la espalda hizo que le ardiese la piel; el olor a enebro y a pino de su colonia la aturdió.

Se sintió atrapada, controlada, completamente a su merced. Era la primera vez en su vida que bailaba un vals, pero la seguridad con la que se movía él hacía imposible que se equivocase, sus pies casi no tocaban el suelo.

La luz de la luna hacía que se sintiese como en un sueño, un terrible sueño erótico que le impedía pensar con claridad.

Odiaba a aquel hombre, por todo lo que era y representaba, y por todo lo que le había hecho a Darcy y había intentado hacerle a Nico. Cuatro años antes, había intentado sobornar a su hermana para que no tuviese aquel hijo de Alexei.

Pero ¿por qué se sentía tan viva entre sus brazos? Se sentía completamente expuesta, desnuda y deseosa de sentir contra su piel aquel cuerpo fuerte y musculoso, de aspirar aquel olor embriagador.

Después de lo que a ella le pareció una eternidad, pero que debió de ser solo unos minutos, el violín y el chelo se callaron, el flautín y la flauta se quedaron en silencio y ellos dejaron de bailar.

Bronte oyó su propia respiración acelerada. Se tambaleó cuando él la soltó y entonces notó que volvía a agarrarla del brazo.

La sala estalló en un aplauso a su alrededor. Él juró entre dientes y volvió a agarrarla, pero en esa ocasión fue para besarla en la boca. Su lengua la buscó y ella separó instintivamente los labios.

Notó sus dedos en el pelo y sintió calor por todo el cuerpo.

Abrumada, fue incapaz de controlar su respuesta desesperada al beso. Una parte de su cerebro sabía que aquello era un castigo, sentía el desprecio de aquel hombre, pero fue incapaz de resistirse al deseo que sentía por él.

Aturdida por el placer, se dio cuenta de que la sala volvía a iluminarse. Y entonces él se apartó. Ya nadie aplaudía, solo se oían murmullos.

Bronte pudo ver bien, por fin, el rostro que la

había acechado durante tres años, pero se dio cuenta de que no se parecía en nada a las fotografías que había visto de su hermano. Su gemelo idéntico. Sus ojos negros brillaban con intensidad y desdén. Tenía una cicatriz en la parte izquierda del rostro que, según había leído, se había hecho de niño, pero eso no impedía que tuviese unas facciones perfectamente simétricas.

Ella se llevó la mano a los labios y vio, como en trance, cómo se movían sus sensuales labios.

–Veo que sigues siendo la misma golfa que sedujo a mi hermano –le dijo Lukas en voz tan baja que casi no pudo oírla.

Sus palabras la hicieron volver a la realidad.

–El golfo fue tu hermano, no Darcy –gritó ella.

Unas manos fuertes la agarraron por detrás. Ella se retorció para zafarse del guardia de seguridad.

–Sácala de aquí y entrégala a la policía –ordenó Blackstone.

Ella lo golpeó con fuerza en la mandíbula, pero él casi no se inmutó, lo vio darse la media vuelta y alejarse.

–¡Espera, espera! –le gritó mientras el guardia la hacía retroceder.

Pero Blackstone ni siquiera miró atrás.

Y Bronte pensó en Nico y se preguntó por qué había hecho aquello.

Su propia impulsividad la horrorizó.

Se había gastado el dinero que tenía ahorrado y había empleado mucho tiempo para intentar contactar con aquel hombre. Había utilizado la poca ingenuidad y valentía que le quedaban para organizar aquel encuentro. Y lo había estropeado todo en cuestión de minutos por culpa de un baile y un apasionado beso.

La desesperación que la perseguía desde hacía semanas, meses, desde que habían diagnosticado a su sobrino de un cáncer de sangre poco común, estuvo a punto de capturarla de nuevo mientras el guardia de seguridad la sacaba de allí.

La iban a detener, la iban a echar de EE.UU. Lukas Blackstone pediría una orden de alejamiento contra ella y Nico se quedaría sin nadie. Y sin esperanza.

Hizo un último esfuerzo y le dio una patada en la espinilla al guardia de seguridad, que la soltó mientras juraba entre dientes. Ella echó a correr hacia Blackstone ante las cámaras de los paparazzi. Este iba hacia las escaleras por las que había bajado unos minutos antes, con la evidente intención de desaparecer tan precipitadamente como había aparecido.

Lo agarró de la manga y tiró todo lo fuerte que pudo. Él se giró, todavía tenía la marca del golpe que le había dado en la mandíbula.

—Yo no soy Darcy, sino su hermana. Darcy está muerta. Murió hace tres años. Pero necesito hablar con usted acerca de su hijo. Nico también es hijo de Alexei. Yo... ¡Ah!

El guardia de seguridad la volvió a agarrar por la cintura, todavía con más fuerza, pero Blackstone levantó una mano.

—Suéltala.

Y el guardia obedeció. Ella se tambaleó, pero Blackstone la agarró para que no se cayese.

–¿Qué es lo que has dicho? –le preguntó.

«Es mentira».

Lukas intentó recuperar el control de la situación, control que había perdido nada más clavar la vista en los ojos de aquella mujer, pero al agarrarla del brazo y ver angustia y rebeldía en sus ojos color esmeralda, la nariz salpicada de pecas, los labios generosos enrojecidos después del beso, se dio cuenta de algo que hizo que lo perdiese de nuevo.

Aquella chica no era la que había hecho que su hermano perdiese la cabeza cuatro años antes. La forma de su cara era diferente, no era tan alta y no tenía la malicia de Darcy O'Hara.

Aquello hizo que su ira se aplacase un poco.

Se habría odiado a sí mismo por responder así ante Darcy. Si esta estaba realmente muerta, no lo sentía lo más mínimo. Aquella chica, la hermana de Darcy, acababa de esgrimir la misma mentira que Darcy había intentado utilizar para obtener dinero de Alexei cuatro años antes.

Así que aquella atracción tampoco era buena.

No debía haberla tocado, mucho menos haberla besado, pero el deseo de darle una lección se había mezclado con una indeseada atracción que había hecho que se rindiese a ella según había ido avanzando la canción. Así que no había podido evitar besarla.

Aquello no le gustaba. Él siempre se controlaba, no

como su hermano. Había aprendido de pequeño que la impulsividad y el deseo eran debilidades muy peligrosas, pero nunca había sentido que lo ponían a prueba hasta cinco minutos antes. Debería pensar en todo aquello detenidamente cuando hubiese terminado con ella, porque no pretendía que le volviese a ocurrir.

–Por favor, tiene que escucharme –le rogó ella, aunque seguía desafiándolo con la mirada.

Lukas sintió admiración. Tal vez fuese tan interesada como su hermana, pero no era tan buena actriz y era evidente que sentía antipatía por él.

–No tengo por qué –le contestó sin soltarla del brazo.

En su lugar, avanzó hacia las escaleras, llevándosela con él.

–Señor Blackstone, la policía viene de camino –le informó Jack Tanner, su jefe de seguridad, que parecía incómodo.

Y tenía motivos para estarlo.

–Averigua cómo ha conseguido entrar –le espetó él–. Quiero un informe completo encima de mi mesa dentro de una hora.

–Sí, señor –respondió Tanner–. ¿Quiere que nos ocupemos de ella?

Desde lo alto de las escaleras, Lukas vio cómo los paparazzi seguían haciéndoles fotografías y cómo todos los invitados los miraban. Aquel pequeño incidente estaría en toda la prensa a la mañana siguiente y en esos momentos ya debía de ocupar numerosas páginas web. La culpa era suya por haber escogido a aquella chica para bailar, pero ella había puesto la guinda al pastel asegurando que Alexei había tenido un hijo.

Volvió a sentirse furioso. Se aseguraría de que aquella mujer lo pagase caro.

Además, iba a demostrarle que ya no era tan fácil de manipular como cuatro años antes, cuando había dado cincuenta mil dólares para evitarle a Alexei la vergüenza de hablar en público de un embarazo del que no era responsable.

Pero Alexei ya no estaba allí, había fallecido en un accidente de tráfico causado por la cocaína y el champán que había consumido para intentar olvidarse de las mentiras de Darcy O'Hara, así que Lukas no iba a pagar ni un céntimo más. No obstante, tenía que darle una lección a aquella chica.

No iba a dejarla en manos de la policía ni de nadie más. Se iba a encargar él. Iba a hacerlo por Alexei.

—Deseo hablar con ella en privado —le dijo a Tanner—. Mantén ocupada a la policía hasta entonces. Y deshazte de la prensa.

Ya hablaría con Garvey al día siguiente para que emitiese un comunicado de prensa para acallar los rumores que surgiesen esa noche.

Sintió que la chica temblaba, probablemente de alivio, y sintió satisfacción mientras la llevaba hacia su despacho. Ella pensaba que había conseguido su objetivo, y él iba a disfrutar demostrándole lo contrario.

Entró en el despacho con ella a rastras y, una vez allí, la soltó. La vio tambalearse en el centro de la habitación mientras él cerraba la puerta con llave.

Lukas se metió las manos en los bolsillos, enfadado porque no había conseguido dejar de sentir calor desde que la había besado.

Ella se abrazó y lo miró. Y Lukas se fijó por primera vez en que tenía ojeras.

Intentó no sentir pena por ella.

Tal vez fuese todavía mejor actriz que su hermana. La miró de arriba abajo y se dio cuenta de que el vestido, bien visto, no era tan bonito, de hecho, ni siquiera parecía ser su talla y le apretaba los pechos de manera indecente. Lukas no pudo evitar clavar la vista en la marca que dejaban en él sus pezones, pero la apartó inmediatamente, antes de que se le cortase la respiración.

Había perdido los zapatos de tacón al forcejear con el guardia de seguridad y llevaba las uñas de los pies sin pintar.

Lukas examinó su rostro. No llevaba joyas y casi no iba maquillada. Su piel era clara y suave como la de un niño. Se preguntó cuántos años tendría. Parecía una adolescente disfrazada, debía de tener, como mucho, dieciocho o diecinueve años.

–Habla –le dijo en tono brusco–. Tienes cinco minutos para explicarme cuánto piensas que vale la noticia de que Alexei tiene un hijo antes de que te entregue a la policía.

–¿Qué? –preguntó Bronte sorprendida, confundida.

–Ya me has oído. ¿Cuánto quieres?

Ella no lo entendió.

Se preguntó cómo podía ser tan arrogante y cruel. Acababa de contarle que su hermano gemelo había tenido un hijo y a él solo parecía importarle el dinero... y humillarla.

La había tratado con un rotundo desprecio desde que había puesto los ojos en ella. La había devorado delante de cientos de personas, le había dicho las cosas más infames acerca de una mujer que no podía defenderse, y en esos momentos la estaba acusando de querer chantajearlo.

Bronte se mordió el labio con tanta fuerza que notó el sabor a sangre. Y se contuvo para no gritarle.

«No vuelvas a pegarle, Bronte. Necesitas su ayuda. Nico necesita su ayuda».

Apretó los puños e intentó pensar en Mahatma Gandhi, cosa nada sencilla cuando sentía todo lo contrario.

Por desgracia, allí el poder lo tenía Lukas Blackstone. No solo en lo relativo al dinero y los contactos, sino también en aquella habitación. Era mucho más alto que ella y muy corpulento. Su aspecto era imponente y parecía furioso. Como un león en su guarida, que podía devorarla de un solo bocado y después olvidarse de ella.

–No quiero su dinero –le contestó.

Se dijo que no le tenía miedo, que si se sentía así era solo por lo ocurrido en los últimos minutos, en las últimas horas, días y semanas. Tenía la sensación de que todas sus esperanzas y miedos, todos sus sueños y pesadillas, estaban concentrados en aquella habitación, en aquel hombre y, para bien o para mal, tenía que enfrentarse a él si no quería perder todo lo que le importaba.

Por desgracia, nunca había sido como Darcy: alegre, coqueta e irresistible. Darcy había sido la de la sonrisa dulce y la risa efervescente, la que siempre había estado decidida a ver lo mejor de todo el mundo, incluso de un padre que las había abandonado para formar otra familia. Y de Alexei Blackstone, que había pensado que estaba locamente enamorado de ella, aunque todo lo ocurrido después le hubiese demostrado lo contrario.

Alexei Blackstone había utilizado a Darcy. No había sido más que un playboy multimillonario que había querido divertirse una noche con su hermana en Mónaco, donde ella trabajaba en el casino. Alexei la había llevado a su casa de la Costa Azul, donde la había seducido a base de champán y canapés y le había robado la virginidad, para después dejarla al día siguiente. Darcy había perdido su trabajo y había vuelto a Londres, confundida y con el corazón roto, y entonces se había enterado de que estaba embarazada, pero no había conseguido ponerse en contacto con Alexei, que jamás había respondido a sus mensajes. Unos días después había aparecido Lukas y se había llevado a Darcy en su limusina para intentar convencerla de que abortase.

Darcy había estado convencida de que la idea del aborto había sido de Lukas, pero Bronte no lo tenía tan claro.

Para ella, Alexei y Lukas eran los dos unos canallas.

Pero cuando su hermana le había pedido que le prometiese que jamás hablaría a Lukas de Nico, ella se lo había prometido como le había prometido que cuidaría de su sobrino.

La muerte de su hermana y tener que ocuparse de Nico con tan solo dieciocho años, había sido muy duro para Bronte al principio, pero poco a poco el niño, con su dulce sonrisa, se había convertido en su salvación. La había hecho volver a la realidad y Bronte había encontrado un trabajo de limpiadora por las noches. Ambos habían empezado a funcionar bien, como un equipo, hasta que el pediatra de Nico, el doctor Patel le había dicho dos días antes, en su consulta del Hospital Infantil de Westminster, que ella no podía ser la donante que necesitaban para el tratamiento de Nico. Y que tal vez debiese buscar en la familia de su padre.

«Concéntrate en el presente. Hazlo por Nikky y por Darcy».

–Si no quieres dinero –le contestó Lukas en tono cínico–, ¿qué haces aquí?

–Ya se lo he dicho –replicó ella, y después deseó haberse mordido la lengua–. Porque necesito hablar de Nico con usted, del hijo de Alexei.

Los ojos de Lukas brillaron de emoción, pero duró solo un instante y después volvió a fulminarla con la mirada.

Ella se preguntó si no habría cometido un terrible error al ir allí.

–Nico es su sobrino –repitió–. Solo tiene tres

años y está muy enfermo. Su única esperanza es un tratamiento experimental. Necesitamos un donante, pero sus padres han muerto y el doctor Patel me ha dicho que nuestra esperanza es usted, que es el hermano gemelo de su padre.

Ella se interrumpió, el gesto de Lukas seguía impasible. Solo había apretado la mandíbula un instante. ¿Cómo podía mostrarse tan frío ante el sufrimiento de un niño?

Entonces lo vio fruncir el ceño, como si estuviese procesando sus palabras.

—Si dicho niño existiese —dijo él en tono escéptico—, y si estuviese realmente enfermo, me temo que ambos sabemos que yo nunca podría ser un donante compatible.

—¿Cómo puede saber eso? No se ha hecho la prueba.

—Porque no es posible que Alexei fuese el padre de ese niño. Y su hermana lo sabía cuando intentó sobornarnos hace cuatro años.

—¿Por qué dice eso? —preguntó ella, confundida y asustada—. Usted sabía que Alexei era el padre, si no, no le habría dado a mi hermana cincuenta mil dólares para que abortase.

Él arqueó las cejas, sorprendido.

—¿Eso le contó su hermana?

—Sí, y la creí, jamás me habría mentido.

—Qué melodramático todo —añadió Lukas—. Yo jamás le pedí que abortase porque no creí que estuviese embarazada. Y, si lo estaba, no era de Alexei. Yo solo le dije que le daba ese dinero para desha-

cerme del problema que representaba tanto para
Alexei como para mí.

–Pero sí que estaba embarazada, y el padre era
Alexei...

–Yo vi a su hermana una única vez –la interrumpió Lukas–. Y es evidente que subestimé el problema. Pensé que, sencillamente, se le daba bien
mentir y era una interesada. No pensé que pudiese
llegar a creerse que Alexei era el padre.

–Pero es que Alexei era el padre –insistió Bronte.

–No, no lo era. No es posible.

–¿Por qué no?

–Porque mi hermano era estéril desde los dieci-
séis años.

–Eso no es posible –dijo Bronte.

Pero se preguntó si era posible que su hermana
se hubiese confundido.

–Le aseguro que es así. Mi padre lo llevó a varios médicos después de una inflamación de los
testículos.

Pero Bronte se dijo que aquello no le cuadraba.
Alexei había sido el primer y único amante de
Darcy. Era evidente que Lukas estaba convencido
de lo que le estaba contando, y por eso le había
ofrecido dinero a Darcy para deshacerse de ella,
por el mismo motivo, Alexei no había respondido a
sus llamadas. Ambos habían pensado que se trataba
de una cazafortunas.

Pero, entonces, ¿cómo era posible que Nico se
pareciese tanto a los hermanos Blackstone? ¿Y de
quién se había quedado embarazada Darcy?

Creyese lo que creyese Lukas Blackstone, tenía que estar equivocado. Alexei tenía que ser el padre de Nico. Y eso significaba que Lukas podía ser el donante adecuado para Nico.

–No me importa que todo el mundo pensase que su hermano era estéril. No lo era porque Nico es hijo suyo. Darcy me lo dijo y basta con mirar al niño para saber que es verdad.

El gesto de Lukas se endureció. El león estaba a punto de atacar, pero a ella ya no le importaba, iba a insistir y a provocarlo hasta que aceptase la verdad.

–Veo que es usted tan fantasiosa como su hermana –comentó él mientras se sacaba un teléfono móvil del bolsillo y empezaba a marcar un número mientras hablaba–. Se le termina el tiempo, señorita O'Hara, y la farsa llega a su fin.

–¡Espere! –le gritó ella, agarrándolo del brazo–. Antes de que me detengan, piénselo un momento. ¿Y si los médicos estaban equivocados? ¿Y si su hermano, como por milagro, tuvo a Nico y este es lo único que queda de él?

–No creo en los milagros –respondió él, impasible, pero bajó el teléfono.

–Yo tampoco creía... hasta ahora. Permita que le enseñe una fotografía de Nico –le dijo, esperanzada–. Tengo montones en el teléfono, que está en mi bolso, que está escondido debajo de los lavaplatos industriales de la cocina.

Lo mismo que el disfraz de camarera que había utilizado para colarse en la fiesta.

–Si después de verlas sigue sin tan siquiera pensar en la posibilidad de que Nico sea su sobrino, jamás volveré a molestarlo, se lo prometo.

Esperó unos segundos con el corazón en un puño y él miró su mano, que seguía agarrándole la chaqueta del esmoquin, y se la apartó. Después, volvió a levantar el teléfono.

—Tanner —dijo—. Que vaya alguien a la cocina. Hay un bolso escondido detrás de los lavaplatos. Tráemelo.

Ella respiró por fin.

—Gracias.

Lukas se guardó el teléfono en el bolsillo de la chaqueta.

—Tengo que admitir —dijo entonces—, que es tan buena actriz como su hermana.

Ella asintió y deseó reír, pero no lo hizo porque su mirada solo podía ver la cicatriz de su rostro.

Levantó un dedo y le tocó la mejilla. A él le salieron chispas por los ojos, pero no se movió de donde estaba mientras Bronte recorría la marca con el dedo y se imaginaba cómo sería Nico de mayor.

—Lo siento —susurró, imaginándose a aquel hombre de niño, como Nico, vulnerable y dolido.

Él se puso tenso y se apartó.

Bronte bajó el dedo y parpadeó con fuerza para intentar controlar el agotamiento y la extraña conexión que acaba de sentir con él.

—No vuelva a tocarme, señorita O'Hara —le dijo Lukas—. No me dejo engatusar por las mujeres bonitas, como mi hermano.

Bronte se dejó caer en un sofá mientras él ordenaba a los dos guardias de seguridad que había en la puerta que la vigilasen. Lo vio marcharse y entonces pensó...

Que acababa de llamarla bonita.

Los siguientes veinte minutos le parecieron una eternidad. Bronte intentó mantener la esperanza de que, al final, cuando Lukas viese la fotografía de Nikky, todo saldría bien.

Por el enorme ventanal que había enfrente del sofá se veía Manhattan de noche, y la suave luz de la habitación iluminaba las paredes de estuco con un cálido resplandor. Los exquisitos muebles en tonos crema y la seda azul eran típicos de la marca Blackstone, caros y elegantes, una muestra más de la riqueza y el poder de los Blackstone.

Bronte repasó en su cabeza la conversación que había mantenido con Lukas y esta empezó a dolerle. Los guardaespaldas seguían en la puerta, aparentemente ajenos a su preocupación.

—¿Piensan que me van a detener? —les preguntó ella, con la esperanza de distraerse con un poco de conversación.

—Eso dependerá del señor Blackstone —respondió el que parecía mayor en tono amable.

En ese momento se abrió la puerta y apareció él. Bronte se puso en pie y los dos guardaespaldas se pusieron rectos.

—Pueden marcharse —les dijo Lukas.

Se había quitado el esmoquin y la pajarita, se

había remangado la camisa blanca, que dejaba al descubierto sus antebrazos morenos, cubiertos de vello oscuro. El pelo moreno brillaba bajo la luz de la habitación, pero daba la sensación de que se había pasado los dedos por él. Su expresión era intensa y contenida, igual que un rato antes.

Bronte tragó saliva. Estaba nerviosa, pero se dijo que no debía demostrarlo delante de aquel hombre.

Le dolía la cabeza, le ardían las mejillas y debía de llevar el pelo hecho un desastre, pero no tenía tiempo para preocuparse por su aspecto, ni por lo que él pensase de ella.

—¿Ha visto las fotografías de Nico? —le preguntó.

—Sí.

—¿Y...? —empezó, al verlo impasible.

Tenía que haber visto el parecido que existía entre Nico y él.

—Mi equipo médico ha contactado con el pediatra del Hospital Infantil de Westminster, cuyo teléfono estaba entre sus contactos —la interrumpió él.

—Entonces ¿me cree?

Él frunció el ceño.

—El parecido es suficiente como para realizar una investigación. Nada más.

—¿Y cuándo planea hacer esa investigación?

«Que sea pronto, por favor».

Lukas se miró el reloj.

—Saldremos de aquí en veinte minutos, cuando el helicóptero esté preparado.

—¿Adónde vamos a ir?

—Al aeropuerto —respondió él como si fuese obvio–. El avión de la empresa nos llevará a Londres. Deberíamos estar allí sobre las ocho de la mañana de mañana. Nos esperan en el hospital.

Bronte se sintió tan feliz que casi no pudo hablar.

–¿De verdad? ¿Le van a hacer la prueba inmediatamente?

–Por el momento me van a hacer una prueba de ADN –respondió él.

No parecía convencido, pero eso daba igual, porque cuando tuviesen los resultados de la prueba de ADN saldría a la luz toda la verdad.

–¿Y cuando se demuestre que Nico es hijo de Alexei? –le preguntó Bronte, intentando contener su alegría.

–Entonces tendrá que responder a algunas preguntas.

Lukas salió de la habitación y un asistente llegó con un abrigo que no era de Bronte y su bolso. Esta se dijo entonces que su batalla con Lukas Blackstone no había hecho más que empezar, porque la idea de tener un sobrino no parecía complacerlo.

Parecía furioso. Con ella. Y con toda la situación. Y estaba más impresionante e implacable que nunca.

Capítulo 2

DIEZ horas después sobrevolaban en helicóptero el Hospital Infantil de Westminster. Bronte se cerró el abrigo porque seguía llevando el vestido de satén verde debajo y pensó que no sabía dónde estaba su bolso, pero prefirió no preguntárselo a Lukas.

Casi no habían hablado durante el viaje. Ella tenía muchas preguntas en mente, pero no se había atrevido a hacerle ninguna.

Y él tampoco le había dado la oportunidad. Había ignorado su presencia durante todo el trayecto y se había puesto a trabajar con su ordenador.

Bronte tenía miedo. No había nada que le hiciese pensar que aquel hombre era mejor que los demás. Mejor que su padre, que las había abandonado y había formado una nueva familia, dejando a su madre, Ellie O'Hara, destrozada para el resto de su vida.

Se preguntó qué haría si Lukas Blackstone se negaba a ayudar a Nico.

Ambos bajaron del helicóptero a la fría mañana londinense.

Y Bronte se sintió un poco mejor al ver al doctor

Patel y a Maureen Fitzgerald, que, en su ausencia, había estado con Nico en el hospital.

Por fin iba a ver a Nico después de tres días en Nueva York. Lo había echado mucho de menos.

–Señor Blackstone, me alegro mucho de que haya accedido a venir –lo saludó el doctor, sonriente–. Tal y como le he explicado a su equipo médico por teléfono, Nico...

Lukas levantó una mano.

–No me hable del chico hasta que no tengamos los resultados de la prueba de ADN. Entonces, procederemos. Tengo entendido que mi equipo jurídico también se ha puesto en contacto con usted.

–¿Qué equipo jurídico? –quiso saber Bronte, asustada.

Además del jet lag, estaba agotada. Necesitaba ver a Nico, pero no le gustaba la manera de comportarse de Lukas Blackstone. No podía dedicarse a dar órdenes a todo el mundo en Londres también.

–Vaya a ver a su sobrino. No creo que sea necesaria su presencia mientras me hacen la prueba –le dijo él.

Bronte deseó discutir con él, preguntarle para qué tenía que implicar a un equipo jurídico en aquello, pero Lukas se alejó con sus asistentes y el médico y Maureen se acercó y envolvió a Bronte en un maternal abrazo.

–Cómo me alegro de verte –le dijo–. Nico se va a poner muy contento. Se ha pasado el día preguntando por ti. He traído la ropa que me pediste.

–Ah, gracias... Yo también estoy deseando verlo

–admitió ella, agradecida por la presencia de Maureen.

–Qué buena noticia, que el señor Blackstone haya accedido a ayudar –añadió Maureen.

–Sí, ¿verdad? –respondió Bronte con un nudo en el estómago.

–¿Qué ocurre, querida? –le preguntó la otra mujer–. No te veo tan contenta como deberías.

Bronte suspiró. Se había apoyado en Maureen desde que esta se había convertido en su vecina de arriba un año antes. Era una enfermera jubilada, sin familia, que siempre había estado dispuesta a ayudarla. Y Nico la adoraba.

–No estoy segura de que Blackstone tenga la intención de ayudar a Nico, ni siquiera si la prueba de ADN es positiva –admitió.

Maureen siguió sonriendo.

–Bronte, estás cansada. Y estresada. No te preocupes más de lo necesario. El doctor Patel me ha contado que el señor Blackstone ha hecho una donación de un millón de dólares al hospital. Y ha venido hasta aquí. Seguro que no habría hecho todo eso si no pretendiese ayudar a Nico.

Aquello sorprendió a Bronte que, no obstante, no pudo impedir seguir estando preocupada.

Maureen le apretó cariñosamente el brazo.

–Solo tienes que preocuparte de que el señor Blackstone sea compatible –insistió Maureen–. Teniendo en cuenta de que Nikky es idéntico a él, podemos imaginarnos qué resultado va a tener la prueba de ADN.

Bronte asintió.

–De acuerdo.

Fueron juntas hacia donde estaba Nico y, antes de entrar, Maureen se despidió de ella con un abrazo.

Pero ella seguía nerviosa. ¿Y si Lukas Blackstone no había hecho la donación por generosidad, sino por su necesidad de controlarlo todo? No se fiaba nada de él.

¿Y qué había querido decir con aquello de que ella tendría que responder algunas preguntas?

Capítulo 3

ALEXEI tiene un hijo. Un hijo que está muy enfermo».

Lukas mantuvo el gesto impasible, pero en realidad no podía estar más sorprendido... Y de repente sentía un enorme vacío en el pecho.

Darcy O'Hara no había mentido. Ni su hermana tampoco. Pero no sintió pena por ellas. Al fin y al cabo, la última le había ocultado la existencia del niño durante tres años. Y él tal vez no se hubiese enterado nunca de su existencia de no haber sido por aquella enfermedad.

—Los resultados de la prueba de ADN no solo confirman que su hermano era el padre de Nico —comentó el joven doctor sonriendo—, sino que además hay una gran probabilidad de que sean compatibles para el tratamiento. Habrá que hacerle más pruebas y nos llevará unas veinticuatro horas comprobarlo, pero dado que el padre del niño y usted eran gemelos idénticos, es posible que sea el candidato perfecto, si es que está dispuesto a dar su consentimiento.

—Por supuesto —respondió él sin dudarlo.

Sobre todo, porque sabía que Alexei siempre había querido ser padre y la certeza de que jamás lo conseguiría lo había llevado a comportarse de manera muy destructiva desde adolescente. Todo lo contrario que Lukas.

—¿Le gustaría conocer a su sobrino? —preguntó el doctor.

Lukas deseó decir que no. No quería un vínculo con aquel niño, pero supuso que, al menos, tendría que conocerlo.

—Sí, pero antes tengo un asunto que atender.

Tenía que poner en marcha el engranaje para asegurarse de que, a partir de aquel momento, la situación la controlaba él.

Se puso en pie y sacó el teléfono.

—Volveré dentro de un rato.

Cuando estuviese preparado para el encuentro.

El médico esbozó una sonrisa, evidentemente confundido por su reticencia a conocer al niño de inmediato, pero se limitó a decir:

—Me gustaría informar a Bronte de la noticia, se va a poner muy contenta.

Él asintió y salió de la habitación para llamar a su abogado.

Dudaba que la alegría fuese a durarle mucho a Bronte.

El niño era un Blackstone y cuando la noticia se hiciese pública ni siquiera su querida tía podría protegerlo de las repercusiones.

—Entonces ¿es una buena noticia? —preguntó Bronte, viendo sonreír al doctor Patel.

–Es una noticia excelente, Bronte. Todavía tenemos que hacer un estudio, pero todo indica que va a ir bien.

–¿Y Blackstone a accedido a donar médula? –insistió ella.

–Sí, ha accedido –le confirmó el médico.

–¿Y le ha contado lo duro que es? –quiso saber Bronte, incapaz de creer que Lukas Blackstone fuese a prestarse a aquello.

–Sí, como ya te he dicho, he hablado con él de todo el procedimiento y no ha dudado en aceptar.

A Bronte le empezaron a temblar las rodillas. Tuvo la sensación de que flotaba y una única lágrima corrió por su rostro.

–Bronte, siéntate –le dijo el médico en tono firme, tendiéndole un pañuelo de papel.

Ella se sonó la nariz y se limpió la lágrima, intentó procesarlo todo. Entonces dejó escapar una carcajada.

–No puedo... Es tan buena noticia que casi no me la puedo creer.

El doctor Patel se sentó a su lado y le dio un golpecito en el brazo.

–Todavía queda mucho por hacer, pero todo apunta a que va a salir bien.

–Lo sé, pero es que... pensaba que era un cretino. Estaba convencida de que, aunque se confirmase que era el tío de Nico, se negaría a ayudarlo.

De repente, se sintió culpable por haber pensado tan mal de él.

Había juzgado a Lukas Blackstone sin conocerlo. Había dado por hecho que era un necio arrogante y privilegiado. Y él le había demostrado que era un héroe dispuesto a ayudar a un niño al que ni siquiera conocía.

Se puso en pie. No tenía tiempo para llorar ni para recriminaciones. Necesitaba hablar con Lukas, darle las gracias por todo lo que estaba haciendo.

Suspiró y acompañó al doctor Patel a la sala Harry Potter.

Lukas Blackstone era el tío de Nico. Ya era oficial. Y ella iba a tener que permitir que formase parte de su vida, aunque le diese miedo. Porque Lukas querría conocer al hijo de su hermano. Era probable que Lukas fuese a salvarle la vida y eso... eso le daba ciertos derechos. Muchos derechos.

Nico sonrió adormilado al verla acercarse a la cama.

–¡Estás despierto, Nikky! –lo saludó ella, acariciándole el pelo rizado y moreno que había empezado a crecer después de la última tanda de quimioterapia.

Le dio un vuelco el corazón. Tal vez no hiciese falta más quimioterapia.

–Sí –respondió él.

Bronte se echó a reír.

Nico alargó los brazos mientras bostezaba y ella le dio un fuerte abrazo.

–¿Cómo te encuentras?

–Cansado.

–Entiendo, pero tengo una noticia muy importante que darte. Tal vez debería esperar a mañana. No quiero que te quedes dormido.

Se apartó para mirarlo y le sorprendió lo mucho que se parecía a Lukas Blackstone, sobre todo, cuando se ponía gruñón.

–No me voy a dormir –le aseguró Nico–. No soy un bebé.

Y volvió a bostezar.

–¿Cuál es la noticia?

–Que alguien ha venido desde Nueva York a conocerte. ¿Recuerdas que te conté que iba a buscarlo?

–¿El hombre con los huesos especiales? ¿Que va a hacer que me ponga bueno? –preguntó el niño–. ¿Lo has encontrado?

–Sí. ¿Recuerdas que te conté que es el hermano de tu papá?

–¿Mi papá está muerto?

–Sí. Pero Lukas es un hermano muy especial de tu papá, se llama gemelo idéntico, y ha venido hasta aquí para conocerte y, con un poco de suerte, va a hacer que te pongas bien.

Si después el tratamiento no funcionaba, ya lidiarían con ello, pero en esos momentos lo único que Bronte quería era ver brillar los ojos de Nico.

El niño sonrió.

–¿Es un superhéroe?

–Sí. Es tu superhéroe personal. Y eso es genial, ¿no?

–¿Es ese Superman? –preguntó Nico, señalando a sus espaldas–. Es muy grande.

Bronte miró por encima del hombro y se ruborizó. Se le aceleró el corazón y, a pesar de que la
sala Harry Potter era muy amplia, sintió que le fal-
taba el aire al ver a Lukas Blackstone acercándose
a la cama seguido de dos hombres vestidos con
trajes negros y una mujer con tacones.

Sin apartar la mano del delgado hombro del
niño, Bronte se giró hacia él.

–Hola, Lukas, nos alegramos mucho de verte –le
dijo, intentando ser lo más afable posible con él por
el bien de Nico.

–¿Sí? –replicó Lukas en tono cínico, arqueando
una ceja, antes de mirar al niño.

–Por supuesto –mintió ella, decidida a ser valiente por el bien de su sobrino.

Pero Nico era, sin duda, mucho más valiente que
ella.

–Yo soy Nico –se presentó él solo–. Tía Bronte
me ha dicho que eres mi superhéroe. Y que vas a
hacer que me ponga mejor.

Lukas la miró antes de contestar al niño.

–Lo voy a intentar.

Nico saltó de la cama con las pocas fuerzas que
le quedaban, se abrazó a Lukas por la cintura y enterró el rostro en su pecho.

–¡Gracias, gracias, gracias, gracias! Odio estar
enfermo. Lo odio.

Y entonces empezó a llorar.

A Bronte se le encogió el corazón y lo agarró de
los hombros para intentar tranquilizarlo, desesperada por apartarlo de Lukas, que se había puesto

tenso y había levantado las manos, y que, por un instante, parecía haberse quedado sin habla.

Era evidente que el enorme multimillonario no sabía nada de niños.

La situación le habría parecido cómica si Bronte no hubiese estado tan emocionada. Tomó a Nico, volvió a tumbarlo en la cama y lo tapó con cuidado para no poner más presión en su brazo.

Después, le acarició el pelo mientras el niño iba dejando de llorar poco a poco.

—No pasa nada, Nikky. Llora todo lo que quieras.

—Es que no quiero llorar —le respondió él—. Quiero ser un chico valiente.

—Eres un chico valiente —le susurró ella, dándole un abrazo y haciéndolo sonreír—. Aunque llores, sigues siendo valiente.

Lukas asintió bruscamente.

—Ya —murmuró Nico, aparentemente tranquilizado por la presencia de Lukas.

El niño no solo era valiente, era un héroe, pero seguía siendo un niño pequeño que se había visto obligado a pasar por una situación muy difícil. Un niño pequeño que necesitaba desesperadamente que Bronte también fuese valiente. Como para confirmárselo, Nico se metió el pulgar en la boca y agarró un mechón de su pelo, tal y como había hecho desde bebé.

—Cántame *Puff* —le pidió.

Y ella le cantó con todo el cariño del mundo su canción de cuna favorita, que trataba de un dragón mágico, hasta que se quedó dormido.

Bronte se apretó contra él y aspiró su olor, que seguía despertando el amor que sentía por él incluso mezclado con el olor a productos químicos del hospital.

–Pronto estarás mejor, Nico, te lo prometo –le susurró.

Después le dio un beso en la mejilla y se levantó de la cama, esperanzada, aunque fue ver a Lukas Blackstone, que seguía allí, mirando a Nico, y sentir pánico.

Ocurriese lo que ocurriese, era evidente que sus vidas iban a cambiar con aquel hombre formando parte de ellas. Y en esos momentos no se sentía preparada para el cambio.

Él apartó la vista de la cama para mirarla y Bronte sintió una atracción que supo que debía controlar, que no tenía sentido, que solo podía empeorar la situación.

–Es tan pequeño –murmuró Lukas, sorprendiéndola.

Y ella pensó que lo era, sobre todo, comparado con él.

Lukas volvió a mirar al niño, que dormía tranquilamente.

Y Bronte pensó que Nico podía parecerse a Lukas, pero jamás sería tan arrogante y cínico como él. Se preguntó qué le habría pasado a este para haberse vuelto así. Porque debía de haberle pasado algo.

–¿Por qué le has dicho que voy a salvarlo? –preguntó Lukas por fin–. No hay ninguna garantía de que seamos compatibles y, además, se trata de un tratamiento experimental.

Su tono no era crítico, sino pragmático, pero, no obstante, Bronte se sintió censurada y necesitó defenderse. Contuvo una réplica mordaz que no iba a aportar nada.

Lukas Blackstone estaba allí, dispuesto a ayudar, y ella iba a estar de su lado. Además, era evidente que no sabía nada de niños, así que tendría que guiarlo.

–En estos momentos lo que más necesita Nico es que lo animemos y le demos esperanza –le respondió–. Y aunque el tratamiento sea experimental, hasta ahora ha tenido muy buenos resultados. El médico piensa que hay muchas posibilidades de que seáis compatibles.

–De acuerdo, pero te sugiero que en el futuro no me idealices tanto. Es poco probable que el niño y yo tengamos relación una vez que todo esto se haya terminado.

–¿Qué? –preguntó ella, sorprendida–, pero... si eres su tío.

–Soy consciente –admitió él–, pero no se me dan bien los niños.

Bronte ya se había dado cuenta, pero no le dio tiempo a contestarle que podía aprender cuando él añadió:

–Y no tengo interés ni aptitudes para aprender.

A Bronte le dio pena, pero se contuvo para no decírselo. Ella no era nadie para decirle a aquel hombre cuál debía ser su relación con su sobrino. Y, de todos modos, sería mucho mejor no tener que tratar con Lukas de manera regular.

–De acuerdo –murmuró–. Si eso es lo que quieres.

–Señor Blackstone, ya se ha efectuado la venta de la propiedad –le informó la mujer que estaba a su lado, que había estado pendiente del teléfono en todo momento.

Blackstone asintió.

–Buen trabajo, Lisa.

–No tanto –le dijo ella–. No van a aceptar menos de veintiocho coma cinco.

«¿Veintiocho coma cinco qué?», se preguntó Bronte, pensando que era posible que Lukas siguiese trabajando desde el hospital.

–No pasa nada –respondió él–. Veintiocho millones y medio de libras esterlinas para una casa así no está nada mal.

Bronte se limitó a parpadear, se sentía como si estuviese en una realidad paralela desde que había subido al avión privado de Lukas.

¿Qué tipo de casa podía valer ese dinero?

No tardó en averiguarlo, porque Lukas siguió hablando con Lisa.

–Organízalo todo para que lleven las pertenencias de la señorita O'Hara y del niño lo antes posible. Y contrate al personal necesario. Después, ocúpese del resto de detalles.

–Disculpe usted, ¿adónde va a mudarse la señorita O'Hara? –preguntó Bronte.

–He comprado una casa en Regent's Park para Nico y para ti –le explicó Lukas sin inmutarse–.

Lisa es mi asistente ejecutiva en Londres y va a ocuparse de todo para que puedas pasar allí la noche. Y va a contratar al personal que sea necesario para que todo esté preparado para cuando el niño salga del hospital.

—Pero si yo ya tengo una casa en Hackney —le dijo Bronte.

Tenía un piso pequeño y humilde, pero era lo que podía permitirse con su sueldo.

—Ya no es apropiado —le contestó él.

—¿Por qué no? —replicó ella, intentando mantener la calma.

Pero, en vez de responder, Lukas habló con los dos hombres trajeados que habían estado en silencio hasta entonces.

—Este es Nico, caballeros —les indicó—. Es un Blackstone. Espero que lo protejáis con vuestras vidas. No quiero que haya nunca menos de dos personas cuidando de él, ¿entendido?

Ambos hombres asintieron.

—Un momento —intervino Bronte, agarrando a Lukas del brazo solo un instante—. ¿Quiénes son? Yo no los conozco ni Nico tampoco. Y no he dado mi autorización para que estén con el niño.

—Forman parte de mi equipo de seis guardaespaldas y ya he dado sus datos en el hospital. Protegerán a mi sobrino de ahora en adelante.

—Yo no he accedido a que tenga guardaespaldas y, además, era mi sobrino antes que tuyo —replicó ella, odiando a Lukas Blackstone porque la había forzado a decir aquello que sonaba tan ridículo.

En vez de responder, Lukas la agarró del brazo y la llevó hacia la puerta.

–Vamos a hablar de esto fuera, no quiero despertar a otros pacientes.

No le hizo daño al agarrarla, pero la sujetó con firmeza y Bronte tuvo que seguir su paso hasta una sala de espera que estaba vacía.

–Pon en marcha la mudanza, Lisa –le dijo Lukas a su asistente, que lo había seguido hasta allí–. Quiero que esté terminada esta noche cuando salgamos de aquí. Y después organiza el traslado de mi sobrino al hospital privado de Chelsea mañana por la mañana.

La asistente asintió y desapareció, dejándolos solos en la sala de espera.

Lukas cerró la puerta y Bronte se zafó de él y se frotó el brazo. Intentó recuperar la calma, aunque en realidad lo que sentía en esos momentos era pánico.

Quería sentirse agradecida, colaborar, permitir que Lukas los ayudase todo lo que quisiese, pero se sentía abrumada. Oprimida. Controlada.

Y odiaba aquella sensación de impotencia. Porque le recordaba a la niña que había sido, sin padre y con una madre incapaz de asumir su responsabilidad, pero tenía que mantenerse firme.

Era evidente que Lukas Blackstone estaba acostumbrado a que lo obedeciesen sin cuestionarlo, pero ella era la única persona que había cuidado de Nico siempre.

Además, Lukas había dicho que no quería formar parte de la vida del niño, lo que significaba que ella seguía siendo la única que quería al pequeño y que seguiría queriéndolo cuando este se curase. Así que tenía ciertos derechos. Derechos a los que no pretendía renunciar.

—No van a trasladar a Nico a un hospital privado —dijo—. Y tampoco vamos a mudarnos a una casa de veintiocho millones de libras en Regent's Park.

Lukas arqueó las cejas.

—Agradezco tu generosidad, pero no es necesaria —continuó ella—. El equipo médico de Nico está aquí. Y su casa es mi piso. Nico es mi responsabilidad. Yo soy su tutora y decido lo que es mejor para él.

La descarga de adrenalina lo sorprendió y se centró directamente en su entrepierna. Lukas estaba furioso.

Aquella mujer lo atraía incluso cuando lo desafiaba. En especial, cuando se atrevía a desafiarlo.

Se dio cuenta de que le brillaban los ojos verdes, su pecho subía y bajaba con rapidez y se le marcaban los pezones en la camiseta sin mangas que se había puesto después del viaje. Un viaje que él se había pasado trabajando para intentar no pensar en ella, que había ido durmiendo prácticamente todo el trayecto.

Por desgracia, no había funcionado.

Y la reacción que había tenido al conocer al niño unos minutos antes lo confundía todavía más. No había estado preparado para aquella sorpresa. No había podido evitar acordarse de su niñez y de su hermano a esa edad. Se había sentido expuesto.

Y la atracción que sentía por Bronte O'Hara, que al parecer tampoco podía controlar, era la gota que colmaba el vaso.

–Nico es un Blackstone –replicó, intentando controlar tanto la ira como el deseo que sentía por ella.

–Lo sé. Fui a Manhattan a informarte de ello, ¿recuerdas? Pero no entiendo qué tiene eso que ver con...

–Lo anunciaste en público, delante de cien periodistas –continuó él–, los mismos que nos vieron llegar juntos del aeropuerto JFK una hora después.

–No entiendo...

–Internet ya está lleno de especulaciones. Mañana por la mañana todo el mundo estará al corriente de la enfermedad de Nico y de su paradero, sabrán dónde vives y todos los detalles de tu vida, de la de tu hermana, de su aventura con Alexei. Ya han llamado a las oficinas de Blackstone en Londres para preguntar. Y la fortuna de los Blackstone asciendo a unos treinta mil millones de dólares, haciendo una estimación prudente.

–¡Estás de broma!

Bronte se ruborizó y él pensó que no recordaba la última vez que había visto ruborizarse a una mujer, mucho menos con la espontaneidad y la frecuencia de Bronte O'Hara. Lo que no entendía era que aquello le resultase tan cautivador. Tal vez fuese solo porque era una mujer muy fácil de entender.

–No es ninguna broma –respondió él, sintiendo ganas de sonreír.

Bronte no parecía enfadada ni con ganas de discutir, parecía horrorizada.

–En cuanto el doctor Patel me ha dado el resultado de la prueba de ADN, Nico se ha convertido en mi heredero, lo que significa que ahora también vale treinta mil millones de dólares.

–Nosotros no necesitamos tu dinero, solo tu médula –añadió ella, sonrojándose todavía más–. Lo siento, no quería decirlo así, pero no puedo aceptar una casa de veintiocho millones de libras. Es demasiado.

–No es para ti, sino para Nico –respondió él, siendo consciente de que Bronte también tendría que vivir allí.

Deseó besarla, pero se dijo que no podía tener nada con aquella mujer.

–Nico es hijo de Alexei, así que le corresponde la fortuna de mi hermano.

Lukas tenía la esperanza de que el niño no heredase nada más, aunque por lo poco que había visto a Bronte con el pequeño, sabía que esta era para el pequeño una madre consagrada a sus cuidados.

Su propia madre nunca se había interesado ni por él ni por Alexei, los había dejado en manos de niñeras y cuidadoras y se había dedicado a gastarse la fortuna de su padre hasta que había fallecido en un accidente aéreo poco antes de que los gemelos cumpliesen cinco años.

Lukas todavía recordaba cómo les había dado la

noticia la niñera, y que tanto Alexei como él se habían preguntado por qué parecía esta tan disgustada.

Él no había sentido la pérdida. Había aprendido a vivir sin ella desde bebé, se había obligado a ser autosuficiente y, a pesar de que consideraba aquello una fortaleza, se alegraba de que el hijo de Alexei no tuviese que pasar por una situación tan complicada solo.

–Pero si es un niño pequeño. Además, ahora mismo ya tiene suficientes problemas –comentó Bronte.

Lukas se fijó en sus ojeras y pensó que el niño no era el único que estaba pasando por una época difícil. Bronte parecía agotada. Y a pesar de que estaba enfadado con ella, por no haberle contado antes que tenía un sobrino, tuvo que admitir que tenía mucho mérito. Por desgracia, Nico estaba en el ojo del huracán, lo que significaba que necesitaba protección, algo que Bronte no podía comprender ni podía darle. Él, por su parte, sabía muy bien lo vulnerable que era el niño.

Sintió más que nunca la presencia de la cicatriz que tenía en el rostro, pero se dijo que aquello no tenía nada que ver con él, sino con Nico.

No deseaba tener una relación con el niño, pero debía protegerlo, le gustase a Bronte o no.

–¿No podemos fingir que no es tu heredero? –sugirió esta–. ¿No podemos inventarnos otra historia para la prensa? No quiero que su vida se complique todavía más.

–Ya es demasiado tarde para eso –le respondió

él, sorprendido con su ingenuidad–. Vamos a dar una rueda de prensa mañana. Haremos un breve comunicado en el que yo anunciaré que Nico es mi sobrino y después pediré que nos dejen tranquilos debido a su estado de salud.

–¿Y funcionará? –le preguntó Bronte esperanzada.

Él se sintió mal por tener que decirle la verdad.

–Contendrá a los buenos periodistas, pero no podrás volver a tu anterior vida ni a tu apartamento. Porque la prensa no es la única amenaza –terminó, decidiendo no darle más información.

–Entiendo –dijo ella–, siento haberme quejado. Solo intentas hacer lo correcto y yo te estoy poniendo las cosas todavía más difíciles. Lo cierto es que me siento abrumada.

Su honestidad lo sorprendió.

–Saber que no vas a tener que limpiar ni un váter más no debe de ser tan duro –comentó él.

Ella lo miró con cautela. No debía de haberle sorprendido que la hubiese hecho investigar, pero aquel era otro signo más de su ingenuidad, una ingenuidad que a Lukas estaba empezado a atraerle demasiado.

–¡Limpiar baños no tiene nada de malo! –replicó ella–. Alguien tiene que hacerlo y es un trabajo honrado. Seguro que tú pagas a alguien para que limpie los tuyos.

–Sin duda, pero, sea quien sea, estoy seguro de que preferiría dedicarse a otra cosa.

El hecho de que Bronte hubiese trabajado tan

duro, en semejante trabajo a pesar de ser una mujer inteligente y con recursos, lo sorprendía mucho. Según el informe del detective privado, se había ocupado de Nico con dieciocho años y había trabajado sin parar para mantenerlo. Le sorprendía que no se hubiese puesto en contacto con él antes y su reacción en esos momentos era completamente desinteresada. Podía haber utilizado al niño como moneda de cambio y no lo había hecho.

–Supongo que sí –admitió Bronte, dejando caer los hombros–. La verdad es que no es ese trabajo lo que voy a echar de menos, sino el anonimato. Tampoco echaré de menos esto. Lo único que me importaba cuando fui a Manhattan era que Nico se pusiese bien. Ojalá no hubiese dicho la verdad delante de toda esa gente. Todo es culpa mía.

Lukas fue incapaz de resistirse a tocarla, y puso un dedo debajo de su barbilla para obligarla a mirarlo a los ojos.

–No es culpa tuya. De todos modos, la prensa habría acabado por enterarse de que Nico es hijo de Alexei.

–Pero tú has estado tranquilo y has sido muy pragmático todo el tiempo mientras que yo solo he causado problemas.

Él pensó que era porque no se sentía implicado emocionalmente, pero siguió sintiendo ganas de reconfortarla.

–Es una situación difícil para los dos –continuó, sorprendiéndose ante el deseo de ser tan honesto como había sido ella–. Yo no había esperado convertirme en tío así de repente, ni descubrir al mismo tiempo que la única posibilidad de curación de mi sobrino depende de mí.

Ella apartó la cara de su mano, tenía los ojos húmedos. Era como un libro abierto.

–Tienes razón, por supuesto que tienes razón –le dijo–. No he pensado en cómo estabas viviendo esto tú. A partir de ahora, intentaré colaborar más. Y te agradezco mucho todo lo que estás haciendo. Has sido increíble y yo... una maleducada.

Lukas se sintió fatal por no ser capaz de sentir tanto como Bronte.

–Entonces ¿te mudarás a la casa de Regent's Park? –le preguntó.

Ella dudó un instante antes de contestar:

–Sí, si estás seguro de que es necesario.

–Lo es. ¿Y los guardaespaldas? En eso también necesito tu cooperación. Es por la seguridad de Nico.

–Lo comprendo –dijo ella, aunque no parecía del todo convencida–, pero ¿podrían llevar otra ropa, más informal? Nico era un niño muy sociable cuando estaba bien, pero ahora es frágil. Y no quiero que su presencia lo asuste.

–Por supuesto –concedió Lukas, dándose cuenta de que Bronte solo había querido proteger al niño–. Hablaré con mi equipo de seguridad y les diré que contraten a empleados que tengan experiencia con niños.

–Gracias –le dijo ella con toda sinceridad–. ¿Puedo añadir algo?

–Adelante.

–Que no quiero que lleven a Nico a un hospital privado.

–En un hospital público no hay suficiente seguridad.

–Entonces, contrata a más guardaespaldas, o encuentra la manera de hacer que este hospital sea más seguro.

–No...

–Este es un hospital pionero en el tratamiento que le van a hacer a Nico –lo interrumpió ella–. Sin estos médicos, Nico no tendría esta oportunidad. Además, ya tiene amigos aquí, conoce a las enfermeras y a los doctores. Tal vez sea un hospital público, pero es donde Nico necesita estar para ponerse bien.

No se lo estaba pidiendo, le estaba diciendo lo que había que hacer. Lukas pensó que pediría una segunda opinión médica, pero era evidente que Bronte creía en aquel hospital. Y tal vez fuese suficiente, al menos, por el momento.

Por primera vez en mucho tiempo, Lukas retrocedió.

–Está bien, por ahora lo haremos a tu manera. Tú conoces mejor al chico.

–Gracias –respondió ella–. Y con respecto a los empleados...

–Eso no es negociable –zanjó Lukas, que la veía muy cansada.

–No necesito a nadie, de verdad –añadió ella–. Soy perfectamente capaz de cuidar de Nico y de mí misma sola.

–Pues no tendrás que seguir haciéndolo. Necesitas un chófer, un jardinero, personal de limpieza y una niñera, como poco –le informó él.

–¿Un chófer? –repitió Bronte–. Si ni siquiera tengo coche. Y tampoco necesito niñera. Puedo cuidar yo de Nico, sobre todo, si no voy a volver a limpiar váteres.

Al parecer, Bronte era todo lo contrario de lo que Lukas había pensado antes de conocerla.

–Necesitas un transporte seguro para ir y venir al hospital, de ahí el chófer –le dijo, sin mencionar que el coche estaría blindado para no empeorar la situación–. Y la niñera es solo una ayuda.

No sabía por qué insistía en aquello, tal vez pensando otra vez en las ojeras de Bronte.

En realidad, solo le importaba el bienestar de su sobrino, no el de ella, pero, no obstante, se sintió aliviado al ver que Bronte dejaba de pelear.

–Está bien, pero no quiero que sea un extraña. Podría preguntarle a Maureen si quiere venir a vivir con nosotros.

–¿Quién es Maureen?

–Ya la has conocido –respondió Bronte, frunciendo el ceño–. Al llegar. Es mi vecina y es maravillosa con Nico.

–¿Y tiene formación?

–Es una enfermera jubilada –respondió ella con indignación.

Él pensó que eso no era lo mismo que una niñera, pero no lo dijo en voz alta para no enfadar a Bronte más.

Asintió.

–De acuerdo. Le pediré a Lisa que prepare la habitación del ama de llaves para ella. Y que le asigne el salario adecuado.

Necesitaba terminar aquella conversación cuanto antes, ya había pasado demasiado tiempo tratando de detalles que no debían importarle tanto con aquella mujer.

Bronte abrió la boca como para discrepar, pero volvió a cerrarla. Estaba tensa. Y Lukas estaba seguro de que sentía la misma atracción que él.

–Debería volver con Nico –dijo Bronte, mirando hacia la puerta y metiéndose las manos en los bolsillos de los pantalones vaqueros.

El movimiento hizo que se le marcasen los pechos erguidos en la camiseta y Lukas se excitó.

La vio sonrojarse, vio cómo se dilataban sus pupilas...

Bronte retrocedió.

Él se fijó otra vez en sus ojeras, estaba muy pálida.

No era el momento ni el lugar de hacer aquello.

–Nico se despertará dentro de un par de horas y quiero estar aquí cuando lo haga –le dijo ella rápidamente, respirando con dificultad.

¿Tenía miedo de él o estaba así solo por la tensión sexual que había entre ambos?

Bronte se sacó una mano del bolsillo y se masajeó el hombro mientras avanzaba hacia la puerta.

–¿Quieres venir conmigo? Estoy segura de que a Nico le gustará conocerte mejor cuando despierte.

Él negó con la cabeza y vio que el gesto de Bronte era de alivio.

–No pienso que sea necesario –respondió, decidido a mantener las distancias.

Ya se había implicado demasiado en aquella situación. Necesitaba hacer balance y definir los parámetros de su interacción, y no solo con el niño, sino también con su atractiva tía, antes de pasar más tiempo con ellos.

Si iba a pasar más tiempo con ellos.

–Me alojaré en el Blackstone Park Lane mientras esté en Londres –le dijo antes de que Bronte saliese por la puerta–. Lisa te acompañará a tu nueva casa cuando hayas terminado aquí. Si Nico o tú necesitáis algo más, díselo.

Ella asintió con la cabeza, le temblaba la mano que tenía apoyada en el pomo de la puerta.

–De acuerdo, gracias otra vez –le respondió, suavizando el gesto, emocionada–. Gracias por haber venido y por darle a Nico esta oportunidad. Sé que no quieres ser un superhéroe, pero si esto funciona lo serás, al menos para mí.

Él asintió, pero prefirió no responder. No entendió por qué se le encogía el corazón al verla salir de la habitación.

Él no era un superhéroe. Ni siquiera era una buena persona. Y Bronte no tardaría en descubrirlo si cedía a la atracción que había entre ambos.

«Eso no va a ocurrir», se advirtió.

Sacó el teléfono del bolsillo y llamó a Lisa para organizar la rueda de prensa del día siguiente. Después salió de allí y fue en dirección contraria a la que había ido Bronte, hacia la salida del hospital, intentando ignorar la tensión que tenía entre las piernas y en el pecho, que no había conseguido aplacar desde que la había visto por primera vez en el baile.

Seis horas después, Bronte estaba tumbada en una cama con dosel, en un dormitorio que era más grande que todo su apartamento. Intentó respirar con normalidad y procesar todo lo que les había ocurrido, a Nico y a ella, en las últimas veinticuatro horas.

Aquella casa de estilo georgiano o, más bien, aquel palacio que Lukas Blackstone había insistido en comprar para Nico y para ella era tan impresionante como había imaginado. Cuatro pisos con estuco ornamentado pintado de blanco y un jardín perfectamente cuidado con acceso directo a Regent's Park a través de unas enormes puertas de hierro forjado, pero lo que la hacía hiperventilar no era aquella casa, aquel palacio, sino él.

Se le volvió a acelerar la respiración solo de pensarlo.

¿Qué le estaba pasando? Debería sentirse feliz con todo aquello: la casa, los empleados, la decisión de contratar a Maureen, que se mudaría al día siguiente a la casita del ama de llaves, el consentimiento de Lukas a donar médula ósea para ayudar a curarse a Nikky, pero, en su lugar, se sentía completamente sobrepasada.

«Lo que te ocurre es que te sientes atraída por él».

Suspiró. Ya estaba, lo había admitido.

Aquel hombre era demasiado. Además de rico, era alto y atlético, olía muy bien, parecía un ser indomable, y lo peor de todo era su mirada. Cuando la miraba se le endurecían los pechos y lo único que deseaba en esos momentos era desnudarse y disfrutar con él de aquel extraño trance erótico.

Apretó los muslos con fuerza, avergonzada por la reacción que habían causado en su cuerpo aquellos pensamientos.

Y se cubrió el rostro con el brazo, avergonzada.

¿Se habría dado cuenta Lukas de aquello?

«¿Qué importa si se ha dado cuenta? Él jamás dará el primer paso. Lukas Blackstone está acostumbrado a salir con actrices y modelos, no le interesas tú. Y, aunque le interesases, tienes menos experiencia en el sexo que Blancanieves. Y lo único que te importa en estos momentos es Nico. Es lo único que te ha importado nunca».

Además, aunque no fuese así, ella nunca habría salido con un hombre como Lukas, si hubiese salido con hombres, cosa que tampoco hacía. No quería seguir los pasos de su madre y de Darcy, así que no iba a dejarse llevar por una reacción física ridícula que probablemente se debiese al cansancio y a todos los trastornos emocionales que había sufrido en los últimos años.

No iba a ceder antes Lukas Blackstone. Ella era mejor que eso, más fuerte.

Se metió bajo las innumerables sábanas e intentó dejar de pensar en él y centrarse en lo más importante: Nico. Al día siguiente les darían los resultados del análisis de sangre de Lukas. Después, con suerte, seguiría la operación y la recuperación de Nikky. Lukas Blackstone y aquella reacción de su cuerpo no eran más que distracciones.

Pero lo peor era que cuando él había insistido en contratar a una niñera, Bronte había pensado que se preocupaba por ella y no solo por el niño.

«¿Por qué iba a preocuparse por ti? ¿Y por qué quieres que se preocupe por ti?».

Aspiró el olor a limpio de las sábanas, el olor de la pintura todavía fresca de las paredes, y vio que la puerta que comunicaba aquella habitación con la de al lado estaba abierta.

Vio la esquina de la cama de Nikky, la cama en la que dormiría si el tratamiento funcionaba, y su respiración se tranquilizó, al menos un poco.

«Mantén la mirada fija en el objetivo. El objetivo es que Nico vuelva a estar bien y vuelva a ser feliz. Y ayudarlo a encontrar su lugar como heredero de los Blackstone. Y convertir este palacio en un hogar».

Pero mientras se quedaba dormida el rostro que vio en su mente no fue el de Nico, sino el de Lukas.

Su intensa mirada le hizo desear cosas... con las que no tenía experiencia. Y le hacía anhelar algo que creía enterrado desde que, años atrás, había llamado a la puerta de su padre y este no se había dignado a mirarla.

Capítulo 4

D URANTE los siguientes días y semanas, Bronte se fue adaptando a los cambios en la vida de Nikky y en la suya, y le resultó más sencillo de lo que había esperado porque tenía toda su energía centrada en el tratamiento de su sobrino.

A la mañana siguiente de haberse mudado a su nueva casa había recibido la ansiada llamada del doctor Patel para confirmarle que Lukas era compatible con Nico y que podían empezar con el tratamiento experimental. Los días siguientes se había visto absorbida por un torbellino de actividad y habían estado marcados por agonizantes esperas. Tras la operación, habían trasladado a Nico a una sala de aislamiento para que se recuperase.

Maureen y Lisa, el nuevo equipo de guardaespaldas y el equipo de apoyo contratado por Lukas se habían ocupado de todos los detalles del día a día mientras Bronte se dedicaba única y exclusivamente a estar con el niño.

Salía de casa temprano cada mañana, en un coche con conductor, atravesaba la marea de periodistas y paparazzi que la esperaban en el hospital a pesar del comunicado que había hecho Lukas, y volvía muy tarde por las noches, agotada, pero cada vez más esperanzada.

Nico estaba respondiendo muy bien al tratamiento. Un par de semanas después de la operación ya podía recibir alguna visita: Maureen, las profesoras de su escuela infantil, Manny y el gorila del Firelite Club en el que Bronte había trabajado, así como Lisa y alguno de los nuevos empleados.

La única persona que no había ido a verlo todavía era Lukas.

Al principio, Bronte había dado gracias de que guardase las distancias porque así ella no tenía que enfrentarse a la miríada de emociones encontradas que le provocaba, pero según Nico se iba recuperando, la ausencia de Lukas en sus vidas le estaba empezando a pesar.

Porque Nico preguntaba constantemente por su tío.

Las semanas se convirtieron en meses, Nico se puso lo suficientemente bien para volver a casa, y el alivio de Bronte por la ausencia de Lukas se tornó en preocupación y culpabilidad.

En las dos ruedas de prensa que este había dado para intentar controlar la información que publicaban los medios de comunicación, Lukas nunca había mencionado su colaboración en el tratamiento y recuperación del niño.

Bronte había intentado ponerse en contacto con él varias veces, para darle las gracias por la donación de médula y para ponerle al corriente de la recuperación de Nico, pero Lisa, que era la intermediaria entre ambos, no había conseguido que Lukas respondiese en persona en ningún momento.

Aunque a ella le había parecido bien al principio, según iba pasando el tiempo no estaba tan convencida de que la ausencia de Lukas fuese buena para Nico. De hecho, antes o después Nico empezaría a preguntar por qué Lukas no iba nunca a verlo. Y ella no quería que el niño sintiese que no lo querían, como le había ocurrido a ella cuando su padre la había rechazado.

Lukas Blackstone era el tío de Nico, su único familiar por parte de padre, lo que para Bronte significaba que debía hacer algún esfuerzo. Si no, Nico iba a sufrir.

Una soleada tarde de otoño, dos meses después de que el niño hubiese salido del hospital, Bronte estaba dándole vueltas a la ausencia del tío de Nico mientras Maureen enseñaba a Nico a hacer galletas, cuando sonó el teléfono de la cocina, interrumpiendo sus pensamientos.

–Bronte, es el doctor Patel. Acaba de recibir el resultado de los últimos análisis de Nico y es estupendo.

A Bronte le dio un vuelco el corazón.

–¿Sí?

–Está en remisión completa.

Bronte se dejó caer en la silla que había junto al teléfono.

–Eso es estupendo. ¿Qué significa exactamente? –preguntó, levantando el dedo pulgar a Maureen.

–Es, básicamente, la mejor noticia que podíamos

tener –le anunció el doctor Patel desde el otro lado del teléfono–. Como es evidente, tendrá que seguir viniendo a revisiones de control, pero esperamos que todo vaya bien. Dado el éxito del tratamiento, no hay ningún motivo para pensar que el niño no esté curado.

Hablaron durante unos segundos más, aunque Bronte solo fue capaz de procesar la mitad de la información. Cuando colgó el teléfono, le picaban los ojos.

Nico tenía la cabeza pegada a la de Maureen, concentrado en cortar galletas con forma de dinosaurio. El sol entraba por la ventana, haciendo brillar los rizos oscuros de su pelo.

Bronte parpadeó con fuerza para evitar derramar las lágrimas que se agolpaban en sus ojos. Aquello significaba que eran libres, que podían empezar de cero, que tenían un futuro.

–¿Me puedo comer la masa? –le preguntó Nico a Maureen, ajeno a la importancia de la noticia que acababan de recibir, mientras ella metía las galletas en el horno.

–No, cariño, tiene huevo crudo. ¿Por qué no me ayudas a recoger?

Nico asintió con entusiasmo e intentó ayudarla.

–Entonces, ¿buenas noticias? –le preguntó Maureen a Bronte, acercándose a darle un abrazo.

–Las mejores.

–¿Quieres estar sola un rato? Yo le daré la cena y el baño a Nico y lo meteré en la cama.

–¿Estás segura?

–Por supuesto. Has estado todo el día con él, así que tienes derecho a un descanso, ¿no?

Bronte se puso en pie.

–De acuerdo, gracias.

No quería que Nico la viese llorar.

–Voy a llamar a Lisa para darle la noticia.

Para que Lisa, a su vez, pudiese comunicársela al hombre que no quería hablar con ellos, pensó mientras se acercaba a acariciar un instante a Nico, que se echó a reír.

Salió de la cocina y fue hacia las escaleras para subir al primer piso.

Entró en el salón que Maureen y ella habían transformado en sala de juegos y zona de estar.

Le encantaba aquella habitación. Había dos sofás grandes y cómodos, un pequeño escritorio para Nico, varias estanterías con material para hacer manualidades, una chimenea protegida para que el niño no pudiese quemarse, y era el lugar ideal para pasar las tardes con Nico cuando lo recogía de la escuela infantil privada a la que asistía.

Sacó el teléfono móvil y llamó a Lisa, pensando en lo que iba a decirle a la asistente de Lukas. Le contaría la noticia y le pediría que Lukas la llamase en persona, cosa que este no haría.

«Eres igual de cobarde que él, Bronte O'Hara», pensó.

Porque estaba poniéndole las cosas muy fáciles para que no se relacionara con Nico al acceder a utilizar a Lisa como intermediaria. Esta le había dicho un par de semanas antes que Lukas iba a estar una temporada trabajando en Londres, y que había intentado convencerlo para que fuese a visitarlos, pero que no era su papel convencerlo de algo que su jefe multimillonario no quería hacer.

Con el estómago encogido, Bronte cortó la llamada y se guardó el teléfono.

Aquello era ridículo. Acababan de darle una noticia increíble, de la que Lukas Blackstone era responsable, así que había llegado el momento de obligar a este a enfrentarse a sus fantasmas del pasado.

Nico estaba bien y ambos estaban instalados y felices en la casa que Lukas les había comprado. Así que tenía que ser ella, en persona, quien le contase a Lukas cómo estaba su sobrino, y decirle que, más que su dinero, lo que el niño necesitaba era verlo a él.

Si después Lukas Blackstone seguía queriendo guardar las distancias, ya sería decisión suya. Ella no podía obligarlo a formar parte de la vida de Nico, pero, al menos, tenía que intentarlo.

Mando un mensaje a Dave, el conductor, y fue por una chaqueta.

«Decidido, Lukas Blackstone. Ya no me da miedo tu reacción, ni la mía tampoco».

O, al menos, ya no le daba tanto miedo, pensó mientras se sentaba en el asiento de cuero del Mercedes, con el corazón en la garganta.

Capítulo 5

ME DA igual lo que pienses sobre mi vida amorosa, Dex. Tu trabajo es asegurarte de que eso no afecta al negocio.

Lukas sujetó el teléfono con la mandíbula y el hombro y utilizó las manos para desabrocharse la camisa.

Había llegado de París una hora antes en el helicóptero de la empresa y necesitaba darse una ducha. Se suponía que esa noche tenía que asistir a un evento en el salón de fiestas que había en aquel mismo edificio, era el lanzamiento de su primer complejo hotelero de lujo para familias en las Maldivas, que inaugurarían en un par de meses, pero estaban teniendo problemas con la campaña de marketing y su jefe de relaciones públicas, Dex Garvey, pensaba que podía meterse en su vida privada.

–¿Y la belleza a la que besaste en el baile hace unos meses? –le preguntó Garvey, decidido a no rendirse–. Es la tía de tu sobrino, ¿no? Esa historia tiene tirón, Lukas. La prensa sigue pendiente de esa chica y del niño. Y también se sigue especulando acerca de tu relación con ella. He oído que el niño ha salido del hospital y está en la casa que les has comprado. ¿Por qué no te los llevas a los dos al hotel antes de que lo inauguremos? Podríamos mandar a un fotógrafo también y la publicidad que conseguiríamos sería de un valor incalculable.

–Yo no necesito publicidad de un valor incalculable. Necesito que hagas tu trabajo y que dejes de molestarme con esto.

Lukas no había visto a Bronte O'Hara ni a su sobrino desde el día en que había volado con ella desde Estados Unidos. Se había propuesto no tener ningún contacto con ellos. Le daba igual que todavía recordarse cómo se había abrazado el pequeño a su cintura y el sabor de Bronte cuando la había besado.

Era cierto que el niño había llegado momentáneamente a su interior, porque lo había visto en una situación muy vulnerable y porque le había recordado al hermano al que no había tenido tiempo de llorar, o al que no había querido llorar. Por ese mismo motivo había sentido el impulso de proteger a Bronte. Y la extraña atracción que sentía por esta también tenía una explicación. Llevaba meses sin estar con una mujer. Tal vez esa noche encontrase a alguna con la que terminar la sequía. Problema resuelto.

Se quitó la camisa.

–Es solo una sugerencia –continuó Garvey–. Porque no te voy a mentir, Lukas, pero tu reputación y la imagen de la empresa se han visto muy afectadas por tu decisión de no ser más cariñoso con tu sobrino. Y con su tía, que hace las veces de mamá.

–Yo no soy un hombre de familia, Garvey.

Nunca lo sería. No le interesaba.

–Olvídalo, encuentra otra manera de promocionar la nueva marca.

–Pero es que *tú* eres la marca –gimoteó Garvey–. No entiendo por qué no quieres que los medios de comunicación sepan que tú eres el donante anónimo que ha conseguido que el tratamiento del niño funcione.

–Porque eso es solo asunto mío –replicó él, porque no quería utilizar al niño con fines comerciales–. Te veré dentro de una hora. Y no quiero hablar más de este tema. Si no, reconsideraré el sueldo de seis cifras que te estoy pagando.

Garvey suspiró al otro lado del teléfono.

–Sí, jefe.

Lukas colgó el teléfono, terminó de desvestirse, se metió en la ducha y abrió el grifo de agua fría. Solo la mención de Bronte había tenido un efecto predecible. Tomó la erección con la mano e hizo lo que últimamente hacía con demasiada frecuencia. A pesar del placer, supo que no sería suficiente para satisfacerlo.

Necesitaba terminar con aquello si no quería volverse loco.

Y como Dex volviese a mencionarla, se buscaría a otro.

–Necesito verlo, Lisa. Sé que tú has hecho todo lo posible, pero parece decidido a ignorar la existencia de Nico. ¿Me puedes ayudar a entrar en su despacho?

Lisa asintió.

–Te entiendo, pero no está en su despacho.

–¿Y dónde está?

–En su suite, en el último piso del hotel, preparándose para la fiesta de esta noche, van a lanzar un complejo hotelero para familias en las Maldivas.

–Ah. Entiendo. En ese caso... supongo que tendré que volver mañana –comentó, abatida–. ¿Sabes si seguirá en Londres?

–Creo que se marcha a las Maldivas por la tarde –le informó Lisa en tono comprensivo–. ¿Nico está bien?

–Sí, muy bien. Eso es lo que quería contarle a Lukas. Han llamado del hospital para decirnos que el cáncer está en remisión total.

–Qué noticia más maravillosa –dijo Lisa, levantándose para salir de detrás de su escritorio.

Llevaba puesto un vestido de satén rojo y estaba perfecta, peinada y maquillada probablemente para asistir ella también al lanzamiento del nuevo hotel.

Bronte se dio cuenta de que ella llevaba la camiseta manchada y los bajos de los vaqueros con barro porque había estado jugando con Nico en el parque aquella tarde.

–Debería marcharme –murmuró–. Siento haberte molestado. ¿Puedes decirle que he estado aquí y darle la noticia?

–Bronte... espera –respondió Lisa, agarrándola del brazo–. Deberías dársela tú.

–Lo sé, pero no está aquí –respondió ella con los ánimos por los suelos.

–Tonterías, está un par de pisos más arriba –replicó Lisa, empujando a Bronte hacia los ascensores.

Estaba empezando a caer la noche en Hyde Park y los despachos estaban prácticamente vacíos.

Lisa la guio hacia un tramo de escaleras en el que había un ascensor con una placa que rezaba: *Solo para el ático.*

–No tiene que bajar a la fiesta hasta por lo menos dentro de media hora, tiempo suficiente para que hables con él a solas y sin interrupciones.

Lisa se sacó una tarjeta del bolso de fiesta que hacía juego con el vestido y la puso delante del lector que había en el ascensor. Se oyó una campana y se abrieron las puertas.

–Es tu oportunidad. Háblale de Nico –añadió, empujando a Bronte suavemente hacia el ascensor–. Y no permitas que os evite. En realidad, le interesáis más de lo que demuestra.

–¿Qué te hace pensar eso? –le preguntó Bronte, a la que le habían empezado a temblar las piernas.

–Que nunca pierde una ocasión para preguntar por vosotros dos y siempre me escucha con atención cuando le hablo de vosotros, de los dos –le contó Lisa en tono comprensivo.

Aquello preocupó a Bronte todavía más. No quería que Lukas se interesase por ella.

Su cuerpo la contradijo, sintió calor, se le aceleró el corazón.

–Llevo cinco años trabajando para él y sé que intenta protegerse, pero pienso que le importáis. O que le importaríais si se diese a sí mismo la oportunidad.

–No estoy segura de que esto sea buena idea –balbució Bronte, deseando salir del ascensor y echar a correr, pero incapaz de moverse de donde estaba.

Lisa se inclinó hacia delante y volvió a utilizar la tarjeta, después tocó el botón marcado con la palabra *Privado*.

–Te comprendo, pero estoy dispuesta a arriesgar mi puesto de trabajo porque pienso que tengo razón –comentó sonriendo–. Además, estoy cansada de que me utilice como intermediaria. Buena suerte.

Las puertas se cerraron y Bronte se quedó sola en el ascensor.

Treinta segundos después, salía a un lujoso vestíbulo, completamente convencida de que iba a cometer el mayor error de su vida.

–¿Hola? ¿Lukas? –lo llamó en un susurro, con voz temblorosa.

Se aclaró la garganta y volvió a intentarlo con la mirada fija en las escaleras que conducían al entresuelo.

–¿Bronte?

Esta giró rápidamente la cabeza al oír que la llamaba a sus espaldas.

Y sintió semejante calor que pensó que iba a arder entera.

Lukas Blackstone estaba desnudo, solo llevaba una toalla alrededor de la cintura. Y la miraba fijamente desde la que debía de ser la puerta de su dormitorio. Ella devoró con los ojos la musculatura de su pecho, se fijo en cada gota de agua que se había quedado pegada a su piel, y bajó la vista hacia la peligrosa zona que tapaba la toalla.

Tragó saliva, estaba aturdida.

–¿Qué estás haciendo aquí? –le preguntó él con voz ronca–. ¿Le ocurre algo a Nico?

«Nico. Sí, Nico. Por eso estás aquí, ¿no?», se dijo ella.

–Nico está bien –respondió por fin–. Está estupendamente.

Sabía que tenía que contarle algo sobre Nico, pero en esos momentos no lograba poner sus pensamientos en orden.

Se obligó a mirar a Lukas a la cara e intentó calmar su respiración.

Él siguió inmóvil donde estaba. Juró entre dientes.

–No tenías que haber venido –le dijo.

Ambos sabían lo que sentían y Bronte era consciente de que nada ni nadie podría impedirle que cediese ante semejante tentación.

–Lo sé –admitió, mirándolo a los ojos.

Entonces Lukas la agarró del brazo para acercarla a su cuerpo desnudo.

–Yo he mantenido las distancias, maldita sea –rugió él, inclinándose para apretar el rostro contra su pelo–. Lo he hecho precisamente para que no ocurriera esto.

–Lo siento –dijo ella, porque sabía que Lukas estaba enfadado, aunque en realidad no tenía claro por qué se disculpaba.

Él aspiró el olor de su pelo y después buscó sus labios.

Ella abrió la boca y dejó escapar un gemido de deseo, sintió que se le doblaban las rodillas cuando Lukas la tocó con la lengua y notó su erección contra el vientre.

Él le acarició la mejilla con sus manos rugosas y la obligó a mirarlo de nuevo a los ojos.

–¿Por qué has venido? –le preguntó.

Bronte deseó contestarle que estaba allí por Nico, pero en esos momentos el anhelo que sentía era tan intenso que no podía pensar en nada más. Así que le dijo la verdad. O, al menos, la parte de verdad que no podía hacerle daño.

–Porque quería hacer el amor contigo.

«Porque quiero que me enseñes, que seas el primero».

E intentó convencerse de que no había nada más que aquello.

Lukas dejó escapar una carcajada, apoyó la frente en la de ella y la agarró con fuerza por el trasero para apretarla más contra su cuerpo.

–Yo no hago el amor, Bronte. Si eso es lo que quieres, estás en el lugar equivocado.

Ella pensó que aquello tenía sentido. Lo que había entre ellos era solo físico. Se trataba únicamente de dejarse llevar por la química que había existido entre los dos desde el primer momento.

–Es solo una expresión –murmuró, apoyando las manos en su abdomen y notando que Lukas se ponía tenso.

Él la agarró de la muñeca y la hizo entrar en el dormitorio, cerró la puerta tras de ellos y se apoyó en ella.

Entonces, se cruzó de brazos y la retó:

—Demuéstramelo.

—¿El qué? –le preguntó ella, abrazándose por la cintura, volviendo a sentirse insegura.

Él la miró de arriba abajo.

—Demuéstrame que esto es lo que quieres. Demuéstrame que es solo sexo –murmuró–. Quítate la ropa para mí, Bronte.

Ella empezó a temblar. Nunca se había desnudado delante de un hombre, pero deseaba a aquel, así que se obligó a cambiar la posición de su cuerpo para ponerse recta.

Lukas la estaba retando, estaba intentando asustarla.

Ella clavó la vista en su erección y pensó que también la deseaba.

Cerró los puños un instante y después se quitó la chaqueta. Agarró el dobladillo de la camiseta y se deshizo de ella también.

—No pares ahora –le dijo él.

Había desesperación en su voz.

Bronte se dijo que no le importaba que saliese con modelos, en esos momentos estaba centrado en ella, y estaba excitado.

Tal vez aquel sujetador deportivo, las botas y los vaqueros sucios de barro no fuesen el atuendo más sexy del mundo, pero lo oyó gemir de deseo y eso la alentó.

Se desabrochó los pantalones y empezó a bajárselos, y entonces se dio cuenta de que todavía llevaba las botas puestas.

Intentó volver a subírselos, pero no pudo y sintió vergüenza. ¿A quién pretendía engañar? Ni siquiera sabía lo que estaba haciendo y Lukas se habría dado cuenta también.

Pero en vez de reírse de ella o recriminarle que hubiese querido engañarlo, se acercó.

–Da igual –dijo–. No puedo esperar más.

La empujó sobre la cama, tiró de sus botas y de los vaqueros y le quitó también la ropa interior. Se le cayó la toalla al subir a la cama y apretó su cuerpo fuerte sobre el de ella. El agua de su pelo cayó sobre los pechos de Bronte mientras le quitaba el sujetador.

Ella enterró los dedos en su pelo rizado y sedoso mientras Lukas le acariciaba un pezón con la lengua. Bronte arqueó la espalda, pidiéndole más. Y él, como si pudiese leerle la mente, chupó con fuerza, haciendo que sintiese todavía más calor entre las piernas.

Notó la mano de Lukas allí, separando su piel, jugando con ella, torturándola.

Le clavó las uñas en la espalda. Aquello era demasiado. Y, al mismo tiempo, no era suficiente.

–Por favor... –gimió, desesperada por sentirlo allí. En todas partes.

La sensación se hizo más intensa hasta que notó que su cuerpo se sacudía de goce y sintió que estaba flotando, soñando. Después volvió a la Tierra, rota de placer.

Él juró, le hizo darse la vuelta y ponerse de rodillas, y Bronte se dejó hacer como una muñeca de
trapo, sin voluntad propia, demasiado aturdida
como para importarle que Lukas la estuviese agarrando por la cintura para penetrarla desde atrás.

Se puso tensa un instante mientras él avanzaba
despacio, con seguridad, rompiendo la barrera que
encontró a su paso.

Bronte gritó cuando el placer se transformó en
dolor. Pensó que el miembro de Lukas era demasiado grande.

Él se puso tenso.

—Bronte, ¿no me digas que eres virgen? —inquirió en tono acusador.

Ella contuvo las ganas de mentir y negarlo. Era
inútil avergonzarse de su inexperiencia en esos momentos.

—Ya no.

Él juró, al parecer, no le había hecho gracia la
respuesta.

—¿Por qué no me lo has dicho? —le preguntó, sin
salir de su interior.

Ella tensó y relajó los músculos, intentando recuperar la sensación de placer que había sentido
solo unos momentos, pero se sentía abrumada.

—Porque no era asunto tuyo —le dijo, queriendo
parecer dura, pero le tembló la voz y se delató.

—¿Te estoy haciendo daño? —volvió a preguntar
Lukas, apartándole un mechón de pelo de la cara.

—No.

—No me mientas.

Le acarició la mejilla y después bajó la mano a uno de los pechos. Le dio un beso en la nuca mientras jugaba con el pezón, haciendo que Bronte volviese a estremecerse de placer.

–Un poco –admitió, pensando que aquella brusca muestra de ternura era todavía más insoportable que la pregunta.

Él bajó la mano a su sexo y la acarició. Y ella empezó a moverse con Lukas en su interior.

–¿Mejor? –le preguntó él.

–Sí –respondió Bronte, moviendo las caderas hacia delante para volver a retroceder.

Él siguió acariciándola, tenía la respiración entrecortada, pero no se movió, permitió que fuese ella la que tuviese el control de los movimientos. Bronte sintió menos dolor, pero siguió incómoda.

Poco a poco volvió a notar que aumentaba el placer, que se acercaba a un clímax intenso y agónico.

Y Lukas empezó a moverse por fin en su interior mientras continuaba con las caricias.

Bronte estaba sudando y ambos gemían y se retorcían en busca del orgasmo. El pene de Lukas tocó un punto en su interior y ella se sacudió y se dejó llevar por la nueva sensación.

–Eso es –le dijo él.

Y siguió moviéndose en la misma dirección, haciéndola gritar de placer.

Bronte se sintió bañada por una lluvia de meteoritos que la destrozaba entera.

Sus músculos internos atraparon a Lukas, cayó

hacia delante y él con ella, aplastándola contra el colchón. Bronte sintió dolor cuando Lukas se apartó.

Aturdida y desorientada por lo que le había ocurrido a su cuerpo, sintió que unos brazos fuertes la levantaban.

Lukas la llevó al cuarto de baño y la luz que se reflejaba en las baldosas de granito la cegó.

Los chorros de agua caliente le masajearon el cuerpo, el olor a enebro y pino la invadió mientras unas manos firmes la lavaban. Ella se apoyó en su cuerpo fuerte mientras Lukas la tocaba con cuidado.

Después la envolvió en una toalla muy suave y la llevó de vuelta al dormitorio para tumbarla en la cama.

–Espérame aquí. Voy a darme una ducha y después tendremos que hablar –murmuró.

La idea de hablar con él la paralizó. Lo vio desaparecer en el cuarto de baño y sintió que le ardían las mejillas al ver las marcas que le había dejado en la espalda.

Estudió su trasero desnudo y volvió a sentir deseo por él, pero se dijo que no estaba en estado de volver a hacer lo que habían hecho.

Se envolvió en la toalla y escuchó caer el agua de la ducha. Pensó que debía levantarse, vestirse y marcharse de allí antes de que Lukas volviese. Estaba demasiado aturdida para mantener una conversación coherente en esos momentos.

Pero le pesaban las piernas y estaba mareada, no podía dejar de darle vueltas a lo ocurrido en la última media hora, al placer y al dolor, pero, sobre todo, a la intimidad que habían compartido.

Sintió que se le caían los párpados y le costó bloquear el caleidoscopio de imágenes que se agolpaba en su cerebro, magníficas y aterradoras al mismo tiempo.

Nunca había pensado que acostarse con alguien sería una experiencia tan abrumadora y absorbente. No había pensado en Nico ni una sola vez desde que Lukas había aparecido en la puerta de su dormitorio con la toalla alrededor de la cintura.

Solo había podido pensar en el deseo que la consumía, pero deseo no era lo único que sentía, había algo más, algo que la aterraba.

Todavía se estaba debatiendo acerca de cómo manejar aquella brutal sensación de vulnerabilidad cuando Lukas reapareció por otra puerta, completamente vestido, y la miró mientras ponía los gemelos en la camisa blanca. Llevaba unos pantalones de esmoquin que le quedaban perfectos, los zapatos brillantes y el pelo todavía mojado.

Bronte se sentó en la cama, tapándose con la toalla, y sintió que le ardían las mejillas.

Él arqueó una ceja y sonrió de manera sensual.

—¿Todavía te ruborizas, Bronte?

Ella negó con la cabeza, no era capaz de hablar. Lukas estaba impresionante, completamente fuera de su alcance. ¿Era posible que hubiese hecho el amor con aquel hombre? ¿Que hubiese perdido la virginidad con él?

Lukas se sentó en el borde de la cama, a su lado,

y le acarició la mejilla con un dedo antes de meterle un mechón de pelo detrás de la oreja. La caricia, extrañamente posesiva, hizo que a Bronte se le encogiese el corazón y volviese a sentir calor.

Cuando Lukas bajó la mano ella se sintió extrañamente sola.

—Tengo que ir a esa fiesta. De hecho, ya llego tarde. ¿Sabe alguien que estás aquí?

—Solo Lisa —le respondió ella.

Él volvió a arquear una ceja.

—¿Es la que te ha permitido subir en mi ascensor privado?

—La he obligado —mintió Bronte, que no quería que Lisa perdiese su trabajo—. Quería hablarte de Nico.

—¿Qué pasa con Nico?

—Que esta tarde nos han llamado del hospital, la enfermedad está en completa remisión. Pensé que debías saberlo, ya que se ha recuperado, en gran parte, gracias a ti.

El gesto de Lukas fue de sorpresa y alegría, pero ella siguió sintiéndose incómoda. No quería que le gustase Lukas. No había querido que aquello significase nada, pero...

—Gracias por contármelo. Aunque no creo que hiciese falta que vinieses a verme en persona.

Bronte no supo si estaba bromeando. Tal y como Lisa le había dicho, Lukas sabía muy bien cómo ocultar sus emociones. No obstante, Bronte tuvo la sensación de que bromeaba, así que se atrevió a decirle lo que había querido decirle nada más llegar.

–Ese no es el único motivo por el que quería verte. Nico pregunta por ti constantemente.

–¿En serio? –preguntó él en tono escéptico–. Solo me ha visto una vez.

–Lo sé, pero está obsesionado contigo.

«Y yo también», pensó.

–Eres su único referente masculino. Y sabe que se ha puesto bien gracias a ti. No puedo seguir diciéndole que estás demasiado ocupado cuando me pide verte. Antes o después comprenderá que no quieres verlo y, entonces, empezará a preguntarse por el motivo. Y no quiero que se sienta todavía peor.

Él se quedó mirándola fijamente, como si pudiese comprenderla, como si, tal vez, supiese que a ella también la había abandonado su padre.

«¡No seas ridícula! ¿Cómo lo va a saber? Además, aquí solo importa Nico, no tú».

–Yo no estoy hecho para ser padre –dijo Lukas por fin.

Ya había hecho un comentario parecido en otra ocasión y Bronte lo había aceptado sin hacerse preguntas, en esa ocasión no podía dejarlo pasar.

–Nadie te pide que seas su padre, Lukas, pero ¿tanto te cuesta ir a verlo de vez en cuando, cuando estés en Londres? Para él es muy importante, es como decirle que alguien lo quiere.

Lukas apartó la mirada, pero Bronte se dio cuenta de que estaba incómodo, de que aquello también era difícil para Lukas.

Por algún motivo, no quería establecer un vínculo

personal con el niño al que había salvado, con el hijo de su hermano.

Lo oyó suspirar, vio cómo se frotaba el rostro y se pasaba la mano por la cicatriz.

Y a ella se le hizo un nudo en la garganta.

Tal vez en esos momentos Lukas fuese un hombre de una fortaleza invulnerable, pero no lo había sido siempre.

Lukas se miró el reloj.

—De acuerdo. Iré a verlo mañana por la mañana, si me prometes que no le vas a dar importancia a mi visita.

—Entendido —concedió Bronte, sabiendo que Nico sí que se la daría—. Y gracias.

—Por cierto —añadió Lukas—, y hablando de que no quiero ser padre, no he utilizado preservativo. ¿Piensas que puede haber algún problema?

—No —respondió ella, ruborizándose más que en toda su vida.

Él frunció el ceño.

—¿Estás segura? —le preguntó—. No eres precisamente la mujer más experimentada con la que me he acostado.

—Por supuesto que estoy segura —replicó Bronte, poniéndose a la defensiva al sentirse torpe y poco sofisticada—. Que sea virgen no significa que sea imbécil.

—Eras virgen —la corrigió Lukas, volviendo a sonreír—. ¿Tomás la píldora?

—Ya te he dicho que no pasará nada —respondió ella con poca convicción.

Prefería morirse antes de admitir que no tomaba la píldora, y que ni se le había pasado por la cabeza utilizar protección. No obstante, sabía que estaba llegando al final del ciclo menstrual y que era poco probable que se quedase embarazada. Si eso ocurría, ya se ocuparía de solucionarlo. Sola. Tal vez no tuviese experiencia, pero no era una ingenua. No iba a traer al mundo a otro niño. En especial, con Lukas como padre.

Agarró con fuerza la toalla. Si había aprendido algo de su padre era que no podía obligar a un hombre a amarla, ni podía cambiarlo. Tampoco iba a intentarlo, era demasiado esfuerzo para nada. Y no quería que la engañasen, como a Darcy, ni que le destrozasen la vida, como a su madre.

Tal vez aquello se le hubiese olvidado por un instante, en la intensidad del momento, pero no le volvería a ocurrir. No necesitaba a ningún hombre ni quería el amor de ningún hombre. Tenía a Nico. Y se tenía a sí misma. Y eso era más que suficiente.

Lukas la observó como si dudase acerca de seguir haciéndole preguntas y Bronte, que sabía que no se le daba bien mentir, se llevó las rodillas al pecho y le preguntó:

—¿No tenías que marcharte? Llegas tarde.

—Quiero que estés aquí cuando vuelva —le ordenó él.

A ella se le erizó el vello y no fue por su tono dictatorial, sino por lo que aquella orden sugería: que, en cierto modo, por haberse acostado con él, estaba a sus órdenes.

Pero no respondió porque no tenía energía para discutir con Lukas. Además, ella estaba desnuda y él, vestido, y se había vuelto a excitar nada más verlo aparecer vestido de esmoquin. No estaba segura de poder confiar en sí misma y no quería volver a hacer el amor o, más bien, a tener sexo con él, al menos hasta que se recuperase de las repercusiones emocionales de aquel primer encuentro.

Era evidente que para él no había significado nada, había tenido muchas novias y, como le había dicho ya, sabía separar el sexo del amor. No obstante, para ella era el primero. Y había sido una experiencia... extraordinaria desde un punto de vista puramente físico. Por muy pragmática que Bronte fuese, perder la virginidad con un hombre como Lukas Blackstone no era sencillo de procesar.

Él se puso en pie para marcharse.

—Volveré como mucho dentro de media hora —le informó, como si le estuviese hablando a un cachorro y esperase que fuese obediente.

—No estaré aquí. No puedo quedarme —respondió Bronte.

Él frunció el ceño.

—¿Por qué no?

—Tengo que volver con Nico. Siempre le doy un beso de buenas noches antes de dormir.

Era cierto. Necesitaba ver a Nico esa noche. El niño la ayudaría a mantener los pies en la tierra, haría que dejase de soñar y de desear que aquello volviese ocurrir.

A Lukas no pareció gustarle la excusa, pero después de lo que a Bronte le pareció una eternidad, asintió por fin.

—De acuerdo. Hasta mañana por la mañana, entonces.

Ella sintió que los músculos de su abdomen se relajaban.

—Pero quiero verte a ti a solas antes de ver al niño —añadió Lukas.

—¿Para qué?

Él miró sus manos, que seguían sujetando la toalla contra el pecho.

—Ya sabes por qué, Bronte. Has dejado de ser inocente.

Ella deseó sentirse ofendida por el comentario, pero solo se sintió disgustada consigo misma.

Agarró la toalla con más fuerza.

—De acuerdo —le respondió, decidida a no separarse de Nico ni un instante en cuanto Lukas llegase a la casa.

No tenía sentido intentar procesar aquello, no habría tiempo suficiente para mitigar el poder erótico que Lukas tenía sobre ella.

Lukas era demasiado... demasiado todo. Iba a ir a casa a ver a Nico, no a verla ella. Y, después, se marcharía a las Maldivas. Tardaría semanas en volver y, por entonces, se habría olvidado de ella y de... aquello que había ocurrido entre ambos. Y, con un poco de suerte, el tiempo y la distancia también la ayudarían a ella a olvidar.

—Cuando estés preparada, baja en el ascensor —le dijo él en tono autoritario—. Le diré a Lisa que te pida un coche y un par de guardias de seguridad, para que te escolten y que no te moleste la prensa a la salida.

–De acuerdo –respondió Bronte, agradecida de que Lukas pensase en la repercusión que podría tener que los medios se enterasen de lo ocurrido.

Otro motivo más por el que no era buena idea tener una aventura con Lukas Blackstone.

Pero cuando este se inclinó a darle un beso en la frente y apoyó el dedo en su cuello, Bronte sintió que se quedaba sin aliento.

–En otra ocasión –murmuró él, como le hubiese leído el pensamiento, sonriendo.

Lukas salió de la habitación y ella se quedó sola, consumida por el deseo, sabiendo que su principal problema no era que Lukas diese por hecho que iban a volver a acostarse, sino su propio y traicionero cuerpo. Y sus emociones, que no acababan de aceptar que aquello fuese solo sexo.

Lukas salió del apartamento pensando que no tenía que haberla tocado, que no tenía que haber cedido a la tentación de sus apetitosos labios, de aquellos brillantes ojos verdes, de aquel cuerpo ingenuo y receptivo, y de aquel espíritu libre que lo habían cautivado desde el primer momento. De haber sabido que era virgen, no se habría acercado a ella.

Pero ya no había marcha atrás.

Porque ya la había tocado, ya la había conocido

y la había probado, y el recuerdo de su sexo, de sus pechos turgentes, de sus gemidos...

Se maldijo. Se estaba volviendo loco otra vez.

Había sido solo sexo, aunque hubiese sido el mejor de toda su vida. Solo hormonas y una química estupenda. Antes o después se terminaría, pero hasta entonces, no quería volverse todavía más loco de lo que estaba.

Decidió no utilizar el ascensor y bajó corriendo los veinte pisos por las escaleras de emergencia, con la esperanza de tranquilizarse un poco.

Por desgracia, el ejercicio no le hizo olvidar a Bronte en su cama, envuelta solo en una toalla, con gesto de confusión y cautela en la mirada, ruborizada.

Su relación y devoción por el niño eran una complicación, por no mencionar su virginidad. Por suerte, él era un experto en mantener las emociones y los sentimientos a raya.

Jamás dejaba que se le acercasen demasiado para no darle a nadie el poder de hacerle daño o decepcionarlo. Abrió la puerta de emergencia y llegó al vestíbulo. Los periodistas no tardaron en verlo y asediarlo a preguntas.

–¿Qué pasa con tu sobrino, Lukas? ¿Por casualidad va a ir a Maldivas contigo?

–¿Por qué has entrado ahora al mercado familiar si tú no tienes familia, Lukas? ¿No habrá algo que no nos estás contando?

Él se detuvo, y la joven que le había hecho la pregunta le colocó el teléfono móvil delante de la cara.

–Sabréis el motivo en cuanto haga mi presentación –respondió.

Entonces llegó su equipo de seguridad para escoltarlo hasta la puerta del salón. Mientras avanzaba, los flashes y las cámaras de televisión no lo molestaron tanto como otras veces porque solo podía pensar en Bronte.

Sonrió solo de pensar en que iba a volver a verla al día siguiente.

Le iba resultar difícil ocultar su aventura a la prensa, hacer que Bronte cooperase y decidir cuál sería su relación con su sobrino, pero, por tener a Bronte O'Hara como amante, merecía la pena el esfuerzo.

Nada le impediría tener lo que quería. Porque ya sabía cómo estaban juntos. Solo necesitaba dejarle claro a Bronte que lo único que podía ofrecerle era sexo. Y pensaba que eso no sería ningún problema porque, a pesar de su inexperiencia, Bronte era una persona realista, no romántica.

Vio a su asistente ejecutiva al acercarse al escenario y sonrió. Si Bronte aceptaba la propuesta que iba a hacerle al día siguiente, tendría que darle una paga extra a Lisa.

Capítulo 6

A LAS OCHO y diez de la mañana del día siguiente Lukas ya no se sentía tan confiado. Se había despertado temprano y, después de hablar con uno de sus administradores, había tomado un todoterreno y había llegado a la casa de Regent's Park por la parte trasera. Antes de salir le había enviado un mensaje a Bronte para informarle de que llegaría en diez minutos y que quería pasar una hora a solas con ella antes de ver a Nico. Tenía la esperanza de sorprenderla todavía en la cama.

Fue hacia la puerta de la cocina, deseoso de verla y de aplacar el anhelo que lo había estado consumiendo durante casi toda la noche.

Tenía en el correo electrónico varios enlaces con casas de campo en Chelsea para que Bronte eligiese. Era evidente que no podía ir a verla allí, eso solo confundiría al niño y, además, necesitaban una total intimidad. Y le estaba pagando a Maureen un salario generoso para que cuidase del pequeño, que ya tenía cuatro años y estaba bien de salud. Así que tanto a Bronte como al niño les vendría bien pasar algo de tiempo separados.

Era posible que ella no estuviese de acuerdo, ya

que estaba completamente entregada al niño, pero Lukas estaba dispuesto a realizar algunas concesiones: podrían verse solo una o dos veces a la semana.

Sonrió mientras llamaba a la puerta de la cocina, pero en vez de Bronte apareció ante él una mujer de mediana edad y ojos grises, dulces, que le resultaba vagamente familiar.

–Señor Blackstone. Qué alegría conocerlo por fin –lo saludó esta–. Soy Maureen Fitzgerald. Permita que tome su chaqueta. Hace un tiempo horrible esta mañana.

Continuó hablando de la lluvia, en la que Lukas no se había fijado, mientras dejaba su abrigo en un perchero junto a un chubasquero rojo muy pequeño y la chaqueta que Bronte había llevado el día anterior. También vio unas botas pequeñas y otras más grandes, las que le había quitado a Bronte la noche anterior.

La evidencia de la existencia del niño y de su cercanía a Bronte lo incomodó.

–¿Dónde está Bronte? –le preguntó a Maureen.

Tal vez estuviese todavía en la cama, esperándolo. ¿Sería ese el motivo por el que no había acudido a recibirlo?

–Está en el salón, con Nico –respondió la mujer alegremente, guiándolo hacia las escaleras.

–¿El niño ya está despierto? –le preguntó él.

¿Y qué hacía con Bronte? ¿Acaso no le había dicho a esta que quería verla a solas?

–Todos llevamos levantados ya un par de horas, son más de las ocho –contestó Maureen, guiándolo por la casa que olía a bizcocho y a limón–, los niños pequeños suelen despertarse al amanecer. Aunque esta noche casi no ha pegado ojo ninguno de los dos. La pobre Bronte ha tenido que levantarse varias veces para volver a meter a Nico en la cama.

–¿Y eso? ¿Está enfermo? –quiso saber Lukas, preocupado.

Aunque no tuviese ningún vínculo con él, no quería ver al niño tan frágil como en el hospital.

–Oh, no –le dijo ella–. Lo que está es demasiado excitado.

–¿Por qué? –preguntó él mientras Maureen abría una puerta.

–Por su visita, por supuesto –le dijo la mujer, haciéndolo entrar en la habitación.

Lukas vio a Bronte inmediatamente, sentada en el suelo con las piernas cruzadas, ordenando un puzle de un coche de carreras rojo con ojos y boca. Se giró a mirarlo y el pelo y la cara le brillaban con el resplandor de la chimenea encendida.

De repente, todo pareció detenerse a su alrededor. Lukas sintió deseo, la vio ruborizarse y tuvo que dejar de andar un instante para no dejarse llevar por el impulso de echársela al hombro y llevársela directamente a la cama.

Ella lo miraba desafiante y eso lo excitó todavía más. Se preguntó cómo iba a saciar aquel deseo. De repente, dos noches a la semana ya no le parecían suficientes. ¿Y por qué tenía la sensación de que la idea de volver a tener sexo con ella no era lo que hacía que se le encogiese el estómago de aquella manera?

Pero antes de poder responder a ninguna de esas cuestiones, o de que le diese tiempo a preguntarle a Bronte por qué no lo había recibido ella sola, vio aparecer una cabeza morena detrás de ella.

—¡Has venido! ¡Has venido! Ha venido, Bronte.

El niño salió corriendo hacia Lukas y se lanzó contra sus piernas.

Lukas se inclinó e intentó agarrarlo con cuidado. El niño miró hacia arriba y él se quedó de piedra.

Ya no estaba pálido ni parecía frágil, como tres meses antes. Y su parecido con Alexei era mucho más evidente e inquietante. Miles de recuerdos lo asaltaron.

Recordó a Alexei riendo mientras corría hacia él, deslizándose por la barandilla de la casa que su padre había tenido en Manhattan, gritando mientras le daba la mano, llorando y tocándole la venda de la cara, sentado a su lado en la cama del hospital.

También tuvo recuerdos que le causaron dolor, un penetrante olor a vómito, sangre y orina, y una oscuridad impenetrable y aterradora que se cernía sobre él.

Se apartó del niño e intentó apartar aquellos recuerdos de su mente.

—¿Lukas, estás bien? —le preguntó Bronte en tono amable, preocupado, sacándolo de la oscuridad.

Se acercó a él y alargó la mano. Y, por un instante, lo único que deseó Lukas fue aferrarse a ella y dejar que lo ayudase a avanzar hacia la luz.

Pero Bronte agarró al niño y lo hizo retroceder,

lejos de Lukas. Y este sintió como si le acabasen de dar una patada en el estómago.

–¿Lukas? –repitió ella sin soltar al niño–. ¿Ocurre algo?

Ambos lo miraban expectantes, el niño, con curiosidad y fascinación. Lukas intentó controlar aquella sensación de pérdida, se sentía humillado.

–Por supuesto que no –replicó, aunque no se sentía bien por primera vez en mucho tiempo, volvía a sentirse roto.

El niño se lanzó a los brazos de Bronte y su alegría se apagó en un instante.

Lukas se estremeció al oír el cruel eco de la voz de su padre en la suya propia. Y se arrepintió de haber actuado así. Miró a Bronte y no supo qué hacer.

No tenía ninguna experiencia con niños y era evidente que asustaba a Nico.

–Lo siento –dijo, intentando hablar con suavidad–. ¿Qué debería hacer?

–Nico, no te preocupes, Lukas no pretendía asustarte –murmuró Bronte, pasando la mano por el pelo del niño para intentar tranquilizarlo a pesar de que ella también tenía el corazón acelerado.

Lukas se había quedado muy afectado cuando Nico lo había abrazado y ella se había dado cuenta de que si no iba a visitar al niño no era por egoísmo ni por falta de sentimientos, sino más bien por todo lo contrario.

Intentó apartar aquel pensamiento tan peligroso de su mente.

Sabía que Nico pronto se olvidaría de aquella reacción de Lukas, pero necesitaba convencer a este de que no había hecho nada malo.

Se arrodilló, le dio un abrazo al niño y después le dijo:

–Nikky, Lukas te ha pedido perdón, así que tal vez tú también debas pedirle perdón a él.

–¿Por qué? –inquirió el niño.

–No es necesario –intervino Lukas con el ceño fruncido.

Ella supo que debía tener cuidado, se aclaró la garganta y añadió:

–Quieres que Lukas juegue contigo, ¿verdad? –le dijo al niño.

Este se quedó pensativo y después asintió.

–Entonces, salúdalo primero y pídeselo de manera educada –le dijo–. Seguro que tú también lo has asustado a él al recibirlo corriendo y gritando.

Nico miró a Lukas.

–Siento haberte asustado. No quería hacerlo.

Lukas hizo una mueca, era evidente que la situación le parecía absurda.

–No pasa nada, de verdad. Estoy bien –respondió muy serio.

–¿Quieres jugar conmigo a los Legos? –le preguntó el niño, animándose de repente.

–Por supuesto.

Y antes de que a Lukas le diese tiempo a decir nada más, el niño lo agarró de la mano y lo llevó hacia la casa que le estaba construyendo a Dora la Exploradora.

A Bronte se le encogió el corazón al ver a Lukas sentándose en una silla muy pequeña al lado de Nico para seguir construyendo la casa con él. Nico le habló de Dora y Lukas asintió, y ella tragó saliva y entonces se fijó en los hombros anchos de Lukas y volvió a sentir deseo.

«Ahora, no».

Apartó la vista de él.

Quería que se estableciese un vínculo entre Lukas y Nico, no entre Lukas y ella.

–¿Podrás venir también mañana? –le preguntó el niño justo antes de bostezar.

–No, no puedo, tengo que ir a las Maldivas.

El niño lo miró con decepción.

–¿Dónde están las Maldivas? –preguntó.

–En el Océano Índico.

–¿Y puedo ir contigo?

–Pues... –balbució Lukas, no sabiendo qué decir.

Y a Bronte volvió a darle un vuelco el corazón. Lukas la había sorprendido aquella mañana. Había sido paciente, cercano y atento con el niño durante dos horas, había jugado a los Legos, había escuchado a Nico hablar de sus programas favoritos de televisión, pero al verlo debatirse en aquellos momentos acerca de cómo responder a la última pregunta de Nico, Bronte se dio cuenta de que a quién más había sorprendido había sido a él mismo.

A pesar de la reticencia a ir allí, Lukas había empezado a relacionarse con el hijo de su hermano.

Lo que todavía no entendía Bronte era por qué había intentado evitar aquello a toda costa.

–Deja de atormentar a tu tío, cariño –dijo Bronte, compadeciéndose de Lukas.

Se inclinó sobre el niño, que estaba metido en la cama, y lo arropó.

–Es que... –protestó el pequeño.

–Ni una palabra más –le dijo ella–. Necesitas dormir.

–Si no estoy cansado –protestó el niño mientras bostezaba–. Y no quiero que el tío Lukas se marche. Porque, si se marcha, ya no volveré a verlo.

A Bronte se le encogió el corazón al oír aquello, ella tenía el mismo miedo.

–Volveré a verte cuando regrese de mi viaje –le respondió Lukas.

Y Bronte volvió a emocionarse. Quería que Lukas tuviese más relación con Nico, sobre todo, porque el vínculo era bueno para los dos, pero lo había complicado todo al acostarse con él la noche anterior.

El deseo que había sentido con él durante toda la mañana había aumentado su preocupación. ¿Cómo iba a resistirse si, además de sentirse atraída por él, también empezaba a caerle bien?

–¿Me lo prometes? –preguntó Nico.

–Tienes mi palabra –respondió Lukas en tono solemne–. Ahora, duérmete como ha dicho tu tía.

Lukas se incorporó, pero antes de alejarse de la

cama despeinó al niño, gesto que pareció sorprenderlo tanto a él como a Nico.

–Sí, tío Lukas –respondió este, cerrando los ojos y tumbándose de lado.

Lukas miró a Bronte a los ojos desde el otro lado de la cama y ella se incorporó también. De repente, la atracción que había entre ambos cobró vida.

Bronte, asustada por la promesa de Lukas de pasar tiempo con ella a solas, se apresuró a salir de la habitación y le dijo:

–Te acompañaré a la puerta. Maureen me ha dicho que te está esperando un chófer para llevarte al aeropuerto.

Pero Lukas la agarró de la muñeca.

–No tan rápido. ¿No se te olvida algo?

–No –respondió ella, intentando zafarse.

Lukas la llevó hasta una habitación que había al otro lado del pasillo, cerró la puerta tras de ellos y se giró.

–¡Lukas! No tenemos tiempo para esto –le dijo ella, intentando respirar con normalidad.

Él frunció el ceño.

–Eres una... lo tenías planeado, ¿verdad? –inquirió.

–No sé a qué te refieres –balbució ella.

–Por supuesto que no –replicó él, agarrándola por las caderas con fuerza–. Sabías que quería hablarte esta mañana de nosotros y has utilizado al niño como escudo. Admítelo.

Ella apoyó las manos en su pecho, se estremeció de deseo.

–No hay nada de qué hablar –le respondió, obligándose a mirarlo a los ojos–. Lo único que tenemos en común es a Nico. Y es lo único que importa ahora. Hoy has estado estupendo con él.

Lukas arqueó las cejas y ella aprovechó la oportunidad para distraerlo. Y para resistirse a él.

–No quiero hacer nada que ponga en peligro tu relación con el niño.

Eso, al menos, era cierto.

Tener una relación con Lukas no solo era emocionalmente peligroso para ella, sino que también podía complicar la relación de este con Nico.

Nico necesitaba a aquel hombre en su vida y, por mucho que intentase luchar contra ello, Lukas también necesitaba al niño.

–Eso son tonterías y tú lo sabes –replicó él–. Una cosa no tiene nada que ver con la otra.

–Por supuesto que sí –afirmó ella con indignación–. Quiero apoyar y fomentar vuestra relación, y no podré hacerlo si tú y yo tenemos algo.

–¿Por qué no? –le preguntó él.

–Porque vivo aquí, con él.

–¿Y qué?

–Que no quiero que sepa que... –empezó–. Que hay algo entre nosotros. No quiero que piense que vienes a verme a mí en vez de a él.

–Tiene cuatro años.

–Pero es muy inteligente e intuitivo.

–Eso es verdad –admitió Lukas–. También es seguro de sí mismo y equilibrado. Y parece tener bastante ego. Así que no tiene por qué cuestionar mis motivos para venir a verlo. Además, no se va a enterar de que nos acostamos juntos.

—¿No?

—No, porque voy a comprar una casa en la que tú y yo podamos vernos un par de veces por semana —elaboró Lukas—. Y voy a subirle el sueldo a Maureen para que se ocupe del niño durante ese tiempo.

—Espera —dijo ella, retrocediendo—. No quiero que compres una casa ni convertirme en tu... en tu amante.

El término le parecía anticuado, pero avivó su ira y le dio la munición necesaria para luchar contra lo que sentía por él.

Tal vez Lukas tuviese secretos que le impedían sentir algo por su sobrino, pero seguía siendo un hombre arrogante y estirado. ¿Cómo se atrevía a esperar que ella antepusiese una relación sexual a las necesidades de su sobrino?

—Nico me necesita. No voy a ser tu mantenida. No quiero serlo.

Lukas se sintió tan molesto que le costó pensar con claridad, llevaba varias horas al filo del deseo y cada vez que sus miradas se habían cruzado, había ido aumentando la sensación.

—Ya lo estoy pagando todo —replicó con frustración—. ¿Qué diferencia hay en que al mismo tiempo nos divirtamos un poco?

Se arrepintió nada más decir aquellas palabras, al ver el gesto de indignación de Bronte.

–Eres un cerdo –le dijo esta con los ojos llenos de lágrimas que se negaba a derramar–. No estoy a la venta. Acepté tu ayuda por el bien de Nico, pero no la necesito. Habríamos sobrevivido solos. Si el precio a pagar por vivir aquí es acostarme contigo, nos marcharemos.

Él se maldijo, no había querido que ocurriese aquello.

Lo que habían compartido la noche anterior no tenía nada que ver con sus responsabilidades con el niño, y con ella, pero aquella amenaza lo enfadó.

Había jurado cuidar del niño, protegerlo. No iba a permitir que Bronte se lo llevase, ni que ella se fuese, a ninguna parte.

–Si intentas sacar a Nico de aquí nos veremos peleando por su custodia.

–No me lo puedes quitar, soy su tutora –replicó ella.

–Ponme a prueba.

–Te odio.

–No, no me odias.

Y, dicho aquello, la tomó entre sus brazos y decidió tirarlo todo por la borda. No iba a seguir fingiendo que lo ocurrido la noche anterior no había sido maravilloso. Ni que no iba a volver a ocurrir.

La besó en el cuello, sintió los latidos de su corazón bajo la lengua. Bronte se retorció entre sus brazos, pero no se zafó de él, apoyó las manos en su cintura y se aferró a su jersey mientras Lukas la besaba.

Luego gimió y separó los labios y él aprovechó para profundizar el beso.

Cuando Lukas rompió el beso Bronte sintió su cuerpo como el de un muñeco de trapo.

Le ardían las mejillas, tenía los labios hinchados, pero en cuando el deseo retrocedió, sus ojos se llenaron de angustia.

Lukas la soltó y ella retrocedió tambaleándose. Pensó que tenía que haberse sentido satisfecho, pero sintió que se tambaleaba también, sorprendido por su propia manera de actuar.

¿Qué acababa de ocurrir?

Era la primera vez que besaba a una mujer enfadado. Era la primera vez que demostraba así su deseo. Nunca se había sentido tan afectado.

–Voy a estar fuera dos semanas. Cuando vuelva, hablaremos de nuevo, como dos adultos –espetó, intentando recuperar el control, y no solo de la situación o de ella, sino también de él mismo.

No era un animal. Y nunca dejaba que su temperamento lo controlase, pero con ella, le ocurría.

Bronte guardó silencio, se había llevado una mano a la boca y tenía los ojos muy abiertos. Aquello le recordó a Lukas, aunque no necesitase ningún recordatorio, lo inexperta que era.

–Lo que ocurra entre nosotros no tiene nada que ver con Nico ni con mi relación con él –añadió, intentando reparar el daño que había hecho al amenazarla con luchar por la custodia del niño en los tribunales.

Ella siguió mirándolo, su gesto era de vergüenza, preocupación, pánico. Era completamente transparente, vulnerable.

A Lukas le vibró el teléfono en el bolsillo y lo sacó.

Tardó un momento en procesar que tenía que tomar un avión.

–Tengo que marcharme –dijo, volviendo a guardarse el teléfono.

Le daba igual el maldito vuelo. Era probable que ya lo hubiese perdido, pero necesitaba aprovechar aquella oportunidad para retroceder y recuperar la compostura.

Se estaba comportando como un loco, como un hombre al que no reconocía. Amenazar a Bronte, o besarla hasta perder la razón, no era la respuesta. Solo podía empeorar la situación, introduciendo sentimientos volátiles en algo que solo era una fuerte conexión sexual.

Vio su gesto de alivio y se dio todavía más cuenta de lo mal que lo estaba haciendo.

–En cuanto vuelva al país mandaré un coche a buscarte para que continuemos con esta conversación en privado –añadió en tono pragmático.

Para entonces habría recuperado todas sus facultades.

–No soy una de tus empleadas, Lukas –le advirtió ella.

–Lo sé –murmuró él mientras se dirigía hacia la puerta–. Dos semanas.

A ella le brillaron los ojos, estaba enfadada, pero Lukas prefería verla así.

Salió de la habitación sin mirar atrás, pero mientras bajaba las escaleras sintió que el corazón le

latía con tanta fuerza que el sonido era casi ensor-
decedor.

Tendría dos largas semanas para poner sus ideas
en orden antes de volver a verla.

Pero cuando se sentó en la parte trasera del coche la presión en la bragueta le resultó casi insoportable. Intentó cambiar de postura. La tonta decisión
de besarla había hecho que cayese en su propia
trampa.

Capítulo 7

BRONTE vio cómo aparecían las líneas rosadas en el test de embarazo que se acababa de hacer y se le encogió el estómago.

No podía ser.

Sacudió el dispositivo de plástico con fuerza, pero las dos líneas rosas se negaron a desaparecer.

Se dejó caer encima de la tapa del váter y releyó el prospecto.

Estaba embarazada. De Lukas Blackstone.

«No. No. No».

Se había hecho la prueba por precaución, segura de que estaba exagerando, convencida de que no se podía haber quedado embarazada.

Llevaba dos semanas intentando no pensar en Lukas ni en todo lo ocurrido, pero lo cierto era que había estado muy alterada desde la última vez que lo había visto. Casi no había dormido. Y esa mañana había recibido un mensaje de texto de Lisa, que la avisaba de que el coche de Lukas pasaría a recogerla a las cuatro en punto, y entonces se había dado cuenta de que habían pasado ya las dos semanas, dos semanas desde que se había acostado con él, y que todavía no había tenido el periodo.

Se puso en pie con piernas temblorosas y se obligó a respirar, tiró el test a la basura y se miró en el espejo.

«¿Qué vas a hacer ahora?».

Había intentado no pensar en lo que había ocurrido en el ático de Lukas, en que este había hecho que se sintiese querida, importante, deseada. Y ella había respondido al instante, dejándose consumir por el deseo a pesar del miedo a que Lukas la apartarse de Nico, a pesar de su arrogante sugerencia de que se convirtiese en su amante.

Se dijo que lo más sensato sería abortar. Sin duda, sería lo que Lukas le sugeriría. Pero solo de pensarlo sintió ganas de vomitar.

Se llevó la mano al estómago.

No podía tener a aquel bebé. Ni siquiera quería contárselo a Lukas. Si este ya se había comportado de manera controladora y dominante antes, lo haría todavía más cuando se enterase de lo tonta que había sido. Y de que le había mentido.

¿Y qué ocurriría con Nico? Él era su prioridad. No podía darle a Lukas más motivos para intentar quitarle la custodia.

Recordó la brusquedad con la que Lukas se había comportado con Nico cuando había ido a visitarlo dos semanas antes y se repitió que no iba a querer tener un hijo.

Se pondría furioso cuando se enterase y, si bien ella no le tenía miedo, no quería pedirle algo que no iba a poder darle.

Se acarició el vientre con la mano temblorosa.

A pesar de saber todo aquello, no podía abortar. Porque, aunque aquello fuese un error enorme, aunque fuese imprevisto y catastrófico, aunque fuese a complicarle todavía más la vida, ya sentía que era mucho más que un problema que tenía que resolver.

Se sobresaltó al oír que llamaban a la puerta.

—Bronte, ha llegado un coche para llevarte al hotel del señor Blackstone —anunció Maureen en tono dulce a través de la puerta.

Ella sintió pánico y un deseo indeseado, el mismo deseo que llevaba dos semanas atormentándola mientras esperaba la vuelta de Lukas.

Abrió el grifo, se lavó la cara con agua fría y decidió que le contaría a Lukas que estaba embarazada.

Al menos así solucionaría un problema. Lukas no querría seguir teniendo relaciones con ella.

—Dile que bajaré dentro de un minuto —le respondió a Maureen en un susurro.

Bajó las escaleras y se despidió de Maureen con un nudo en el estómago.

Cuando oyó el ascensor, Lukas estaba nervioso y frustrado. Apartó la vista del ventanal y se giró para ver al guardaespaldas que había enviado para que acompañase a Bronte.

Los músculos de su espalda se relajaron un poco al verla aparecer detrás de él.

—Hola, Bronte. Gracias por venir —la saludó.

Estaba preciosa, sus enormes ojos verdes reflejaban emoción.

El deseo lo consumió de repente. Lukas se metió las manos en los bolsillos para evitar tomarla entre sus brazos.

Había pasado catorce noches sin dormir desde la última vez que la había visto y todavía era incapaz de controlar el efecto que tenía en él.

Iba vestida, como de costumbre, con una camiseta sin mangas y unos vaqueros viejos, pero a Lukas le resultaba igual de atractiva se vistiese como se vistiese.

—No tenía elección —le respondió ella, pero su tono no fue desafiante, como Lukas había esperado.

Lukas le hizo un gesto al guardaespaldas, que desapareció dentro del ascensor. No quería que nadie más escuchase lo que iba a decir.

No había podido dejar de pensar en Bronte y en lo que habían hecho la última vez que había estado allí.

—Sí tenías elección —la contradijo, decidido a redimirse—. Siento no haberte dejado eso claro.

Había repasado mentalmente un millón de veces sus últimas palabras y su último beso. Y sabía que se había comportado como un imbécil.

Bronte era una mujer inexperta e inocente. Tenía que haberla tratado con más cuidado. Si ni siquiera él era capaz de controlar aquella atracción, ¿cómo podía esperar que lo hiciese ella?

Tendría que esforzarse en demostrarle que podían tener una aventura y que eso podría ser bueno para ambos. Para él iba a ser una nueva experiencia porque no estaba acostumbrado a sentirse tan atraído por una mujer, porque lo que lo cautivaba de ella no era solo el sexo, sino que había muchas cosas más: su lealtad con Nico, su determinación de seguir siendo independiente, su sinceridad y honestidad a la hora de mostrar sus emociones.

–Entra y siéntate para que podamos hablar como dos personas civilizadas –le dijo, señalando los sofás que había enfrente del ventanal que daba a Hyde Park.

–Prefiero quedarme de pie –respondió ella muy tensa, cruzándose de brazos.

Y Lukas se sintió culpable.

–¿Me tienes miedo, Bronte? –le preguntó.

Entonces vio sorpresa en sus ojos verdes.

–No, por supuesto que no –le respondió ella, mostrándose perpleja y casi culpable.

Aunque no tuviese nada de que sentirse culpable, todo lo contrario que él.

–Bien, en ese caso, siéntate y te traeré algo de beber –le sugirió.

Aquello también era nuevo para él. Nunca había tenido que hacer ningún esfuerzo para llevarse a una mujer a la cama, tal vez ese fuese el motivo por el que lo había hecho tan mal dos semanas antes, pero no le iba a volver a ocurrir.

–¿Qué te gustaría tomar? –le preguntó, sirviéndose una copa de whisky y bebiéndosela de un trago.

No solía beber licores fuertes, sobre todo,

cuando estaba con una mujer. Prefería mantenerse alerta, pero en esos momentos no le pareció mala idea apagar un poco sus sentidos, que estaban demasiado despiertos con aquella mujer. Tenía que tomarse las cosas con tranquilidad si no quería volver a asustarla. Si no, tal vez no consiguiese lo que quería, lo que los dos querían.

–¿Vino? ¿Cerveza? ¿Algo más fuerte? –le preguntó al ver que Bronte no respondía.

–Algo... sin alcohol, por favor. Un vaso de agua.

Él asintió y sacó una botella de agua mineral de la nevera. La abrió y le sirvió un vaso sin ninguna prisa. Después se sentó enfrente de ella y se lo dio.

Sus dedos se rozaron y sintió un escalofrío. Ella apartó la mano como si también lo hubiese sentido y dio un buen sorbo.

Lukas contuvo una sonrisa.

Era evidente que Bronte todavía sentía el mismo deseo que él. Solo tendría que demostrarle que aquello no tenía por qué ser peligroso ni complicado, que no era más que una intensa conexión biológica.

Una conexión que, evidentemente, era nueva para Bronte. Y también para él, pero al menos él sabía cómo manejarla y cuánto placer podían obtener. Pero antes tenía que conseguir que Bronte se relajase.

–Quería hacerte una propuesta –anunció.

Ella lo miró a los ojos.

–No puedo ser tu amante –le respondió, angustiada.

Lukas pensó que había dicho «no puedo», no «no quiero», y eso lo tranquilizó.

–Y tampoco puedo evitar que me amenaces con quitarme a Nico –añadió, parpadeando con fuerza–, pero tengo algo que...

–Bronte, no digas más –la interrumpió él, sintiéndose todavía más culpable–. Me has malinterpretado. No te amenacé con quitarte la custodia de Nico porque quisiese acostarme contigo.

–Entonces ¿por qué lo hiciste? –le preguntó ella.

–Porque estaba asustado –admitió él.

–No lo entiendo. ¿Asustado? ¿De qué?

Él se echó hacia delante y entrelazó los dedos, incapaz de mirarla.

–Me amenazaste con marcharte de la casa de Regent's Park con él y no puedo permitir que hagas eso. Pero no tiene nada que ver con que quieras acostarte conmigo o no.

–¿Por qué no lo puedes permitir? –volvió a preguntar ella.

Lukas suspiró, se veía obligado a revelar algo que muy pocas personas sabían.

–Cuando tenía siete años, me secuestraron –le explicó–. Una banda de criminales me raptó cuando estaba en Central Park con Alexei y nuestra institutriz. Me retuvieron tres días, mientras intentaban convencer a mi padre de que les pagase un rescate de un millón de dólares.

Se frotó la cicatriz de la mejilla al recordar el dolor y el terror que había sentido.

–¿Te hicieron esa herida? –inquirió Bronte con

los ojos muy abiertos, horrorizada–. ¿No fue un accidente?

Él bajó la mano, molesto consigo mismo por haberse delatado.

–Eso no tiene importancia –respondió–. El caso es que podrían haberme matado. De hecho, estaban dispuestos a hacerlo. No quiero que Nico corra ese riesgo, lo que significa que tenéis que estar donde yo pueda protegeros. ¿Ahora lo entiendes?

Bronte asintió, de repente, era incapaz de articular palabra. Se le había encogido el estómago al imaginarse a Lukas de niño, asustado, maltratado por culpa del dinero.

–De acuerdo –balbució por fin.

Le hubiese gustado hacerle muchas preguntas, pero dudó que él quisiese responderlas. A juzgar por su expresión, ni siquiera había querido contarle aquello.

Sintió pena por él y se sintió culpable.

Tenía que haberle contado lo del embarazo nada más llegar. Había pretendido hacerlo, pero no había sido capaz.

Y en esos momentos ya no sabía cómo decírselo. No quería estropear aquel momento.

–La propuesta que quiero hacerte estará basada en nuestro mutuo consentimiento –le dijo él–. No voy a amenazarte, créeme, ni a obligarte a que te metas en mi cama. Quiero que, lo que hagas, lo hagas libremente.

Ella volvió a asentir en silencio.

–Pero no voy a negar que quiero volver a tenerte en mi cama –añadió Lukas–. Tengo que admitir que, aunque me he acostado con muchas mujeres, nunca había deseado a ninguna como te deseo a ti.

Bronte se dijo que aquello no era una declaración de sentimientos. Que Lukas solo estaba hablando de la química sexual que había entre ambos, pero, aun así, sintió que le daba un vuelco el corazón, se sintió esperanzada.

–Me encantaría explorar esa conexión que hay entre nosotros –continuó él–. Sé que tú tienes poca experiencia, y estoy dispuesto a ir despacio. No se me da bien comprometerme, pero podemos negociar el cómo, cuándo y dónde. Quiero que te sientas cómoda. No obstante, me parece una locura no disfrutar de lo que hay entre nosotros, ¿no crees?

Aquella pregunta solo tenía una respuesta posible: No.

Volver a acostarse con Lukas Blackstone era una locura. Sobre todo, porque Bronte ya había sabido antes de hacerse la prueba de embarazo aquella mañana que lo que ella sentía por Lukas era algo más que físico.

Pero, además, estaba embarazada de él. Lo que significaba que siempre habría entre ellos una relación. ¿Tan malo sería aprovechar aquella oportunidad para conocerlo mejor?

Sabía que era un error pensar que podría intimar emocionalmente con él a través del sexo, pero tal vez al estar más cerca y pasar tiempo juntos podría resolver todas las preguntas que tenía acerca de él.

Además, estaba el placer que Lukas le estaba prometiendo. Bronte no se arrepentía de haber renunciado a muchas cosas por cuidar de Nikky, pero ¿qué tenía de malo querer vivir de una manera más libre y desinhibida? ¿Por qué tenía que sentirse culpable por desear a Lukas?

Se agarró las manos encima del regazo y miró por el ventanal. Respiró hondo y se giró hacia él, que parecía muy concentrado.

«Sé valiente. Lánzate».

–De acuerdo –murmuró.

Lukas arqueó las cejas.

–¿Estás segura? –le preguntó.

Ella asintió.

Él se puso en pie y tomó sus manos con firmeza para hacer que se incorporase también. Le acarició la mejilla, enterró los dedos en su pelo y se dispuso a besarla, pero no lo hizo.

–Dímelo, Bronte, para que pueda besarte.

Ella esbozó una sonrisa temblorosa.

–¿Vas a estar siempre diciéndome lo que tengo que hacer? –le preguntó–. Porque a lo mejor cambio de opinión.

–No, no vas a cambiar de opinión –le dijo él, sonriendo–. No lo permitiré.

Entonces la besó apasionadamente. Ella apoyó su cuerpo en el de él, que la sujetó por la cintura, y se dejó llevar.

Lukas le acarició los pechos y ella arqueó la es-

palda, desesperada por notar sus manos en la piel
desnuda.

—Por favor... ¿Me puedes quitar el sujetador? —balbució, ruborizándose cuando él se apartó y la miró.

Lukas bajó las manos de sus pechos y le acarició
las mejillas.

—Lo siento, no pretendía darte órdenes —le dijo
ella.

Tampoco había pretendido parecer tan desesperada.

Él se echó a reír.

—No tienes que disculparte por decirme qué es lo
que quieres.

—Ah, bueno... Entonces, ¿por qué has parado? —le
preguntó Bronte, sintiéndose ridícula e insegura.

Lukas la miró fijamente.

—No he parado, pero ¿qué te parece si vamos
más despacio?

Ella asintió, aturdida.

Lukas le besó la palma de la mano, los nudillos,
cada uno de los dedos. Fue un acto tierno, pero también carnal y Bronte sintió calor. Jamás había pensado que la mano pudiese ser una zona tan erógena.

Después la apretó contra su cuerpo y Bronte notó
su erección en el vientre y se estremeció.

—Para tu información —le susurró Lukas—, no podrías hacer que dejase de desearte ni aunque lo in-
tentases.

A ella le horrorizó que hubiese podido leerle el
pensamiento, pero también le gustó ver que podía
excitarlo tanto.

«No le has mentido acerca del bebé, solo has pospuesto darle la noticia», se dijo.

Lukas tomó su mano y la guio hacia el dormitorio, que estaba bañado por la luz anaranjada del atardecer.

—¿Podemos cerrar las contraventanas? —le pidió Bronte.

—No te preocupes, nadie puede vernos desde fuera —le aseguró él—. Son cristales especiales y, además, estamos en un piso treinta y uno.

—No es eso.

Él la miró como si no la entendiese.

—La última vez que hicimos esto estaba más oscuro —le explicó ella, pensando que, además, había tenido menos que ocultar—. No estoy acostumbrada a que me vean desnuda.

Lukas sintió una ternura a la que no estaba acostumbrado.

Bronte era mucho más de lo que él había esperado. Mucho más dulce, más sexy y más sincera que ninguna otra mujer a la que hubiese conocido.

Hasta entonces, él no se había dado cuenta de que la responsabilidad de no hacerle daño, de no aprovecharse de ella, iba mucho más allá de lo físico.

La idea lo inquietó. Era la primera vez que tenía semejante responsabilidad, nunca antes había querido tenerla.

Pero, por desgracia, ya tenía delante su cuerpo

delgado y frágil en comparación con el de él, y dar marcha atrás no era una opción.

Se sacó el teléfono móvil del bolsillo y entró en la aplicación que controlaba toda la electrónica de la casa, atenuó la luz, pero sin dejar la habitación a oscuras porque no quería hacerle el amor a Bronte en la oscuridad.

–¿Mejor así? –le preguntó.

–Sí, gracias –respondió ella.

Y Lukas se echó a reír.

–¿He dicho algo gracioso? –le preguntó Bronte, preocupada.

Él puso una mano en su trasero, la apretó contra su cuerpo y volvió a reír. También era la primera vez, que Lukas recordase, que se había reído mientras mantenía sexo.

–No –respondió mientras le quitaba la camiseta.

–Entonces ¿por qué te has reído? –le preguntó ella, poniéndose ligeramente a la defensiva.

Él se puso serio al ver sus pechos marcados en el sujetador. Se humedeció los labios y pensó en tomar sus pezones con la boca.

–Ya no me río –murmuró, quitándole el sujetador y acariciándola.

A Bronte le brillaron los ojos y arqueó la espalda instintivamente. Él se inclinó y tomó uno de los túrgidos pezones con la boca, devorándolo con desesperación.

Ella le sujetó la cabeza, lo agarró del pelo, mientras Lukas el succionaba el pecho y metía una mano entre sus muslos.

Estaba muy húmeda y los dedos de Lukas se deslizaron por su clítoris con facilidad.

La acarició una y otra vez, haciendo que aumentase la tensión.

–Ah... ah... –gimió Bronte–. No puedo...

–Sí, sí que puedes –le dijo él, sin apiadarse de ella, e introdujo un dedo en su interior.

Bronte le gritó al oído y sus músculos internos se sacudieron al llegar al orgasmo.

Lukas la tomó en brazos, le quitó las botas, los pantalones y la ropa interior, y después se desnudó tan deprisa como pudo porque no podía esperar más a estar dentro de ella.

Capítulo 8

LOS NIVELES de hormonas que aparecen en los resultados coinciden con tus fechas, lo que significa que estás embarazada de seis semanas. Así que, si has pensado abortar, te recomendaría que tomases la decisión cuanto antes –le dijo la joven enfermera a Bronte, sonriendo de manera comprensiva.

–No –respondió ella sin dudarlo.

–¿Me quieres preguntar algo más? –añadió la enfermera en tono amable–. Todavía tienes algo de tiempo para barajar todas las opciones.

Bronte negó con la cabeza.

–No necesito tiempo para pensarlo, ya he decidido que quiero tener el bebé –respondió en un susurro.

Era la primera vez que lo decía en voz alta.

Tendría que contárselo a Lukas. No podía seguir manteniéndolo en secreto. Había empezado a tener náuseas por las mañanas y casi había pasado un mes desde que habían empezado a acostarse juntos con regularidad. Cada vez que él la acariciaba o la penetraba y la hacía llegar al orgasmo, cada vez que la abrazaba después e intentaba engatusarla para que se quedase con él, Bronte se había ido convenciendo de que lo que tenían era mucho más que sexo.

Lukas insistía en acompañarla a casa después, y no había vuelto a salir del país desde que habían llegado a un acuerdo. Además, la llamaba por teléfono todos los días y se estaba esforzando en forjar una relación con Nico.

Bronte repasó mentalmente todas las posibilidades mientras la enfermera le daba unos folletos acerca de cuidados prenatales y escribía una nota para el ginecólogo.

Ella se metió toda la información en el bolso y salió de la clínica a las calles de Camden en aquella tarde de lunes. Pensó en la conversación que tenía pendiente con Lukas y se puso nerviosa. Todavía no tenía claro qué pensaba y sentía él acerca de su relación.

Al llegar a Regent's Crecent, se levantó el cuello del abrigo y se puso las gafas de sol a pesar de que el sol que se filtraba entre los árboles en aquella tarde de invierno era muy débil. Ya casi no la esperaban los paparazzi y, además, había salido muy temprano aquella mañana, pero aun así miró a su alrededor antes de acercarse a la casa.

Oyó que sonaba su teléfono móvil y se detuvo para sacarlo del bolso. Era Lukas.

Descolgó mientras entraba por la parte trasera del jardín.

–Hola.

–Hola, ¿qué tal estás? –contestó él–. Acabo de hablar con Maureen y me ha dicho que habías salido esta mañana muy temprano y sin guardaespaldas.

Ella se sintió culpable.

—He ido a dar un paseo —murmuró.

Tendría que darle la noticia a Lukas ese mismo día, pero no quería hacerlo por teléfono. Necesitaba tenerlo delante. Todavía no sabía cuál sería su respuesta, pero lo que más le preocupaba era que esta le importase tanto. Si su aventura se terminaba por culpa del embarazo, tendría que asumirlo, pero si Lukas rechazaba al bebé le costaría aceptarlo mucho más de lo que le habría costado cuatro semanas antes. Porque en esos momentos sabía que, además de ser autocrático, controlador y arrogante, Lukas también podía ser tierno, protector y cariñoso.

—¿Dónde estás? —le preguntó este en tono molesto.

—Casi en casa —respondió ella.

—Casi en casa, ¿dónde exactamente?

—En el jardín trasero —añadió Bronte, cerrando la puerta.

Lukas juró entre dientes, suspiró.

—Maldita sea, Bronte. ¿Cuántas veces tengo que decírtelo? No quiero que Nico ni tú corráis ese tipo de riesgos. Me parece bien que quieras salir a dar un paseo, pero quiero que tomes precauciones, lo que significa que James o Janice, o cualquier otro guardaespaldas, deben acompañarte siempre que salgas de casa.

—Nunca salgo con Nico sin protección —se defendió ella, sintiéndose culpable.

Si no se había llevado a James en aquella ocasión había sido para que este no informase a Lukas de adónde iba.

De repente, los motivos morales por los que había ocultado su embarazo hasta entonces le parecieron egoístas y falsos.

Tenía que habérselo contado a Lukas mucho antes, pero no había querido perder su compañía ni todo lo que compartían.

Se hizo un silencio al otro lado del teléfono.

–La seguridad de Nico no es lo único que me preocupa –admitió Lukas por fin, a regañadientes.

No era precisamente una declaración de amor, pero Bronte volvió a sentirse esperanzada.

–De acuerdo –murmuró, con un nudo en la garganta.

Él se echó a reír.

–¿De verdad? ¿No vas a discutir conmigo acerca de tu independencia?

Ella sonrió.

–Hoy, no.

–Bien, pero que sepas que la próxima vez que me hagas algo así te ataré a la pata de la cama para que aprendas a comportarte –le advirtió Lukas en tono de broma.

–Inténtalo –lo retó ella, también de broma.

–No me tientes –le dijo él–. Quiero verte esta noche.

–Iré más tarde –le confirmó Bronte, nerviosa de nuevo.

Ya habían quedado el día anterior, después de haber pasado la tarde juntos, pero tal vez aquella fuese su última noche.

–No quiero esperar tanto –protestó Lukas.

Ella miró el reloj en el teléfono.

–Solo faltan cuatro horas –le dijo–. No puedo ir antes. Tengo que ocuparme de Nico.

No era del todo cierto. A Nico no le importaba que Maureen lo metiese en la cama, pero Bronte había preferido siempre mantener su ritual de irse a dormir. En parte, porque le encantaban aquellos momentos con Nico. Aunque no era el único motivo por el que nunca iba al ático de Lukas antes de acostar al niño.

Según iban empezando a notarse en ella los efectos del embarazo, también aumentaba en Bronte el deseo de formar una familia: Lukas, Nico, el bebé y ella.

–¿Así que me dejas tirado por un niño de cuatro años? –murmuró Lukas–. Qué manera de bajarle el ego a un hombre.

–Tu ego sobrevivirá, no te preocupes –le dijo ella mientras llamaba a la puerta.

Lukas se echó a reír y Maureen abrió la puerta y la saludó.

–¿Ya estás dentro de casa? –le preguntó Lukas en tono preocupado.

–Sí, estoy en la cocina, con Maureen –le dijo ella, quitándose el abrigo sin soltar el teléfono.

–Tengo que dejarte. Tengo una reunión. Te mandaré un coche a las siete. Y no vuelvas a salir sola, ¿de acuerdo?

–Nico todavía no está dormido a las siete –replicó ella–. A las siete y media sería mejor.

–Y cuarto. Si no, iré yo mismo a buscarte ahora mismo.

–No puedes, tienes una reunión.

–Bronte, la empresa es mía –le advirtió él.

–¡De acuerdo! No te preocupes.

–Nos vemos en el ático a las siete y media –terminó Lukas antes de colgar.

Bronte se quedó mirando el teléfono, con el corazón acelerado.

–¿Va todo bien, querida? –le preguntó Maureen.

Ella se guardó el teléfono en el bolsillo de los pantalones vaqueros.

–Sí.

Pero tenía el pulso acelerado y le temblaban las manos.

–Señor Blackstone –lo saludó Lisa al verlo salir del ascensor–. ¿Va todo bien?

–Por supuesto –respondió él, incapaz de contener la sonrisa mientras se guardaba el teléfono.

Solo faltaban cuatro horas para volver a ver a Bronte.

El día anterior había sido una tortura. Aunque le gustaba ir a ver a Nico, que era un niño inteligente, divertido y fascinante, y había sabido ganarse su cariño, estar con Bronte y no poder tocarla era todo un suplicio.

Lo mismo que despedirse de ella antes de marcharse de Regent's Park y no poder tomarla en brazos y llevársela a la cama más cercana.

Al menos aquella noche aliviaría parte de su frustración. Bronte iba a quedarse con él toda la noche quisiese o no. Y, si no quería, estaba dispuesto a atarla a la cama.

Entendía su devoción por Nico. Él también se sentía muy entregado, pero no pasaba nada por que Maureen lo llevase a la escuela infantil un par de veces a la semana.

Odiaba ver salir a Bronte de su cama en mitad de la noche, agotada, y tener que hacerlo a escondidas de todo el mundo salvo de sus empleados de más confianza. Se preguntó si desear tanto estar con ella sería sano.

No sabía cuándo había sido la última vez que había llamado a una mujer a plena luz del día para convencerla de que fuese a su casa. O si alguna vez había barajado la posibilidad de no ir a una reunión para estar con alguien.

–¿Está seguro de que está bien? –insistió Lisa mientras se dirigían hacia la sala de juntas.

–Sí, ¿por qué me lo preguntas?

–Porque ha tomado el ascensor en vez de bajar por las escaleras de emergencia.

Lukas frunció el ceño y se quedó pensativo.

–No tenía tiempo para bajar por las escaleras –dijo, sin poder evitar sentirse incómodo por el comentario de Lisa.

Siempre evitaba los ascensores. Odiaba sentirse encerrado. Pero se había puesto a hablar por teléfono con Bronte y se había metido en aquella caja de metal casi sin pensar en lo que estaba haciendo.

Y no había sentido el sudor frío ni el miedo habitual porque había estado demasiado distraído por el sonido de su voz.

–¿Tienes el informe de Clinton con las cifras finales del lanzamiento de las Maldivas? –preguntó, cambiando de tema de conversación.

–Sí, señor Blackstone –respondió ella, dándole el informe.

Lukas fue hasta la página en la que estaba el cálculo de pérdidas y ganancias, pero al mirar las cifras se dio cuenta de que no recordaba cuáles eran las que habían previsto.

Intentó centrarse y dejar de pensar en Bronte, entró en la sala de reuniones y tiró el informe encima de la larga mesa de nogal. Los ejecutivos que habían viajado desde sus hoteles de Nueva York, París, Sídney y Hong Kong se sobresaltaron.

–Bienvenidos, señoras y caballeros. Gracias por haber hecho el viaje –empezó, pero se interrumpió cuando le vino a la mente una imagen de Bronte el día interior, riendo en el jardín mientras él intentaba atrapar la pelota que le tiraba Nico.

Todavía podía verla despeinada bajo la gorra de béisbol que él le había regalado, riendo.

Se le encogió el corazón y se quedó en blanco de repente.

«Maldita sea, Blackstone. Deja de pensar en ella», se reprendió.

Pero no podía concentrarse. De repente, no recordaba qué hacía aquella gente allí. Solo podía pensar en Bronte y en las ganas que tenía de abrazarla y besarla. Y no solo por el deseo sexual que despertaba en él, también la necesitaba por todo lo que le había aportado durante las últimas semanas.

El timbre del teléfono de Lisa rompió el silencio de repente.

—Está bien, se lo diré —dijo esta en voz baja, poniendo gesto de sorpresa.

Se acercó a Lukas y, antes de darle el teléfono, susurró:

—Es Dex. Dice que se trata de Bronte.

Lukas tomó el teléfono y salió de la habitación.

—Discúlpate por mí.

Y entró en un despacho vacío que había al lado.

—Dex, ¿qué ocurre con Bronte? —preguntó, preocupado por si estaba enferma o le había ocurrido algo.

—Me ha llamado uno de mis contactos en Sleb Hunt —comentó su jefe de relaciones públicas, refiriéndose a un conocido portal de Internet de noticias del corazón—. Tienen fotografías de la tía de tu sobrino saliendo de una clínica en la que se realizan abortos.

—¿Qué? —inquirió él.

—Según mis fuentes, no va a abortar —continuó Dex—. Solo ha ido a informarse de los cuidados prenatales y ha pedido una cita con un ginecólogo. Y lo que todavía es mejor: la prensa ya especula sobre la posibilidad de que el niño sea tuyo. Por favor, dime que es así.

Lukas se dio cuenta entonces de que Dex parecía muy emocionado.

—Porque sería lo que necesitamos ahora mismo.

Pero Lukas ya no podía entender nada de lo que le dijeran. Porque solo podía pensar en Bronte el día anterior: dulce, seductora, feliz, inocente... y en la verdad.

Estaba embarazada y no se lo había contado.

Deseó sentirse enfadado, pero solo pudo sentirse traicionado. Volvió a sentirse igual que con siete años y el rostro vendado, con dolor de cabeza, intentando contener los sollozos que se le agolpaban en la garganta, agotado después de noches y noches de pesadillas.

«Pagar el rescate habría sido una mala decisión, Lukas».

—Lukas, ¿sigues ahí? —le preguntó Garvey al otro lado del teléfono.

—Sí —respondió él, aclarándose la garganta.

—Entonces, ¿el niño es tuyo?

—Sí, es mío —afirmó él en tono posesivo, obligando a que la ira y la decepción aplastasen todo lo demás.

Garvey juró.

—¿Por qué no me lo has contado antes, tío? Podríamos haber gestionado la situación mucho mejor. No obstante, es una noticia estupenda...

Y siguió hablando de bodas, lunas de miel y de los medios, pero Lukas ya no lo escuchó.

Bronte le había mentido y él no sabía de qué estaba sorprendido. Ni por qué le importaba tanto.

Lo único que debía importarle en esos momentos era el niño. Su hijo.

Capítulo 9

BRONTE salió de la limusina que Lukas le había mandado y una lluvia de flashes la recibió.

–Por aquí, señorita O'Hara –le indició James, su guardaespaldas, acompañándola hacia la entrada del hotel.

Ya había visto a un grupo de paparazzi alrededor de su casa al salir, pero no había tenido ni el tiempo ni la capacidad emocional necesarios para preocuparse.

Ya llegaba veinte minutos tarde porque había decidido darse una ducha rápida y vestirse de manera adecuada antes para ir a ver a Lukas. Siempre iba en vaqueros y camiseta porque no le daba tiempo a cambiarse, pero en aquella ocasión quería sentirse femenina y segura de sí misma, preparada para darle la noticia que esperaba le cambiase la vida a Lukas, y a ella, a mejor.

Había esperado que Lukas la llamase mientras estaba de camino, para preguntarle por qué llegaba tarde, pero, por suerte, no lo había hecho. Porque Bronte no estaba segura de ser capaz de coquetear con él antes de contarle la verdad.

Entraron en el hotel y dejaron a la prensa a sus espaldas.

–¿Qué ocurre? –le preguntó al guardaespaldas mientras entraban en el ascensor que llevaba al ático de Lukas.

–No lo sé, señorita.

Bronte intentó no estresarse. En cuanto se le empezase a notar el embarazo, todo el mundo se preguntaría quién era el padre y, si todo iba bien esa noche, se lo podría contar.

El ascensor se detuvo en el piso trece, donde estaban las oficinas de los ejecutivos, y James salió.

–¿No sube conmigo? –le preguntó ella, acostumbrada a que el hombre la acompañase.

Él negó con la cabeza.

–El señor Blackstone quiere que suba sola.

–Ah, de acuerdo –murmuró ella mientras se cerraban las puertas.

Su esperanza aumentó mientras el ascensor llegaba a destino.

Bronte se llevó la mano al abdomen y la pasó por la seda negra del vestido que se había puesto especialmente para él. Los nervios se mezclaban con el deseo y la esperanza en su interior.

«Por favor, que se ponga contento. O que, al menos, no se ponga furioso cuando le dé la noticia».

Las puertas se abrieron y Bronte vio al hombre al que había ido a ver, que estaba en la otra punta de la habitación, de espaldas, mirando por la ventana. Tan alto e indomable como siempre, pero extrañamente solitario. Bronte sintió pena y compasión, y amor.

Ambos llevaban solos demasiado tiempo. Protegiéndose del dolor. ¿Podría unirlos aquel niño en vez de separarlos? ¿O era demasiado esperar?

–¿Lukas? –lo llamó.

Él se giró, llevaba una copa en la mano.

–Llegas tarde –dijo él en tono neutro.

–Quería darme una ducha y ponerme algo un poco sexy.

Se detuvo, se sentía incómoda e inestable con los tacones y, de repente, sentía vergüenza.

–Bien –murmuró él, bebiéndose de un trago el licor y dejando la copa en la mesa con un fuerte golpe.

Antes de que a Bronte le hubiese dado tiempo a recuperarse del sobresalto, Lukas se acercó, enterró los dedos en su pelo y la obligó a mirarlo a los ojos.

–Estás deliciosa, Bronte. Como siempre –le dijo, pero su tono era tenso, crispado.

–Lukas, necesito hablar contigo –respondió ella.

¿Estaría enfadado porque había llegado veinte minutos tarde?

–Ya hablaremos después –respondió él, haciéndola retroceder hasta la pared–. Primero vamos a por el sexo.

La brusquedad de Lukas la sorprendió, pero no tanto como el deseo que aquellas palabras despertaron en ella. Lukas bajó la mano a su clítoris y se lo acarició a través de la ropa interior.

–¿Lukas? –dijo ella, intentando comprender qué estaba ocurriendo.

Porque algo no iba bien. Aquel no era el hombre con el que había estado el día anterior, el hombre del que ella se había enamorado.

Él la beso en el cuello e hizo que se estremeciese mientras seguía acariciándola. La confusión y los nervios se disiparon y Bronte solo pudo sentir deseo. Echó la cabeza hacia atrás y arqueó el cuerpo.

Oyó que una tela se rasgaba, pero entonces Lukas le levantó una pierna y se apretó contra ella y no le dio tiempo a reaccionar.

–Espera, Lukas... yo... –balbució.

–No puedes desearme más, nena –dijo él.

Bronte no supo por qué, pero aquel apelativo cariñoso, que no había usado nunca antes, le sonó ligeramente insultante.

Lukas se bajó la cremallera y liberó su erección.

–¿De verdad quieres que espere? ¿Dime la verdad?

Había deseo en su voz, y algo más, algo aterrador y exultante.

–No –respondió ella.

No había sido sincera con él. Tal vez fuese el momento de empezar.

–Eso me parecía a mí.

La agarró de ambos muslos y la levantó, penetrándola de un solo empellón. Bronte gimió y él se movió en su interior.

Lukas atrapó uno de sus pechos con la boca y chupó con fuerza a través de la seda y el encaje. El placer la invadió, combinado con una emoción sobre la que ya no tenía ningún control. Bronte gritó y se dejó caer completamente sobre él mientras se rompía en un millón de trozos minúsculos, insignificantes.

Tuvo la sensación de que había pasado una eternidad, pero solo debían de haber pasado unos segundos cuando Lukas se obligó a soltar los muslos de Bronte.

«No ibas a tocarla», se recriminó mientras se apartaba.

Notó que ella se estremecía y se sintió mal.

«No hagas caso. Te ha mentido. No le importas absolutamente nada».

Esperó a que Bronte recuperase el equilibrio antes de soltarle el brazo para subirse la cremallera. Vio las braguitas rotas en el suelo y se agachó a recogerlas. Se las dio.

No tenía que haberla tocado, pero en esos momentos estaba todavía más decidido a llevar a cabo el plan que había ideado aquella tarde. La química que había entre ambos no había disminuido. Tal vez se hubiese equivocado por un instante al pensar que entre ellos podía haber algo más, pero no tenía por qué haber nada más.

—¿Lukas? —le preguntó ella, intentando descifrar la expresión de su rostro—. ¿Ocurre algo?

—Más o menos —replicó él, enfadado.

Al fin y al cabo, tenía derecho a estar furioso.

–¿Cuándo me ibas a contar que estás embarazada?

Ella se ruborizó, se sentía culpable, pero Lukas pensó que estaba más guapa que nunca.

–¿Cómo lo sabes? –consiguió preguntarle por fin.

–Te han visto saliendo de una clínica de abortos esta mañana. Un fotógrafo.

Lukas se miró el reloj.

–Las fotografías llevan aproximadamente una hora en Internet.

Era extraño que Bronte no lo supiese, Garvey ya lo había llamado dos veces, desesperado por que emitiese un comunicado oficial.

–Entiendo –respondió ella–. Lo siento. Tenía que habértelo contado antes. Pero quiero que sepas que no voy a abortar.

Se lo dijo con voz segura y firme y Lukas sintió que se le encogía el estómago.

Nunca había querido ser padre. Siempre había sabido que no estaba hecho para algo así. Y ya había empezado a pensar cuál iba a ser su papel con aquel niño, pero, no obstante, la idea del embarazo no lo aterró tanto como había esperado. No. Lo que lo asustaba más era lo que Bronte le hacía sentir. Tenía miedo a estar ya enamorado de ella.

–Ya lo sé –le respondió–. Por eso vamos a casarnos. Lo antes posible.

Había puesto la maquinaria en marcha aquella tarde, y había pensado decírselo a Bronte en cuanto llegase, pero se había distraído. En cualquier caso, Bronte tenía que dejar de ser su amante para convertirse en su esposa. Ella había decidido tener el niño, pero también era suyo y no iba a permitir que no contasen con su opinión.

Lo apoyaría, le daría su apellido... y su protección.

Lukas no permitía que nadie se le acercase demasiado, pero Bronte se le había acercado lo suficiente en las últimas semanas como para hacerle olvidar que la gente hacía daño, traicionaba. A partir de aquel momento, sería él quien pusiese las normas, no ella.

–¿Qué...? –preguntó ella, sorprendida.

–Ya me has oído. Necesito que firmes un acuerdo prenupcial, pero no te preocupes, la generosidad del contrato te va a impresionar.

–¿El contrato? –repitió Bronte consternada–. Suena como un acuerdo comercial, más que un matrimonio.

–Porque de eso se trata exactamente.

–No puedo aceptarlo –dijo ella–. No quiero casarme en esas circunstancias.

Se llevó una mano al estómago, como si quisiera protegerse, y el gesto enfadó a Lukas.

¿Acaso Bronte lo creía capaz de hacer daño a su hijo?

–No te estoy pidiendo que te cases conmigo, te estoy diciendo lo que vamos a hacer.

–¿No tengo elección? –murmuró ella.

–Tuviste elección cuando decidiste decirme que

tomabas la píldora y no era verdad, cuando decidiste no contarme que estabas embarazada, y cuando
fuiste a una clínica en la que se practican abortos y
te fotografiaron los paparazzi.

A Bronte se le llenaron los ojos de lágrimas, parpadeó con fuerza para no derramarlas.

—Pero si no voy a abortar. ¿Es por eso por lo que
estás tan enfadado?

Él bajó la vista a su abdomen, confundido por la
sensación que tenía en el pecho ante la idea de tener un hijo. Su hijo. Dentro de Bronte. Debía haberse sentido furioso porque siempre había tenido
mucho cuidado para no estar en una situación así,
pero entonces se dio cuenta de que el niño no era el
problema, el problema era todo lo que había sentido desde que había descubierto que iba a ser padre, emociones sobre las que no tenía ningún control.

—El embarazo ha sido cosa de los dos —respondió—. Y lo que tú decidas hacer con tu cuerpo es
solo decisión tuya. Así que, no, no estoy enfadado
por eso.

Ella puso gesto de alivio.

—Entonces ¿por qué estás tan enfadado? Si te ves
obligado a casarte conmigo por esto, no lo estés. Yo
he tomado la decisión de tener el bebé, pero jamás
te obligaría a implicarte.

—Ya estoy involucrado —le dijo él—. Mi hijo llevará el apellido Blackstone. Y tú, también.

—Puedes ponerle tu apellido al niño sin que nos
casemos.

–No –replicó él, dándose cuenta de que Bronte no lo entendía.

El problema era que no podía vivir sin ella. Y que no quería que ella viviese sin él. Hasta que no consiguiese solucionar aquella sensación de dependencia, estarían juntos. Así que, si tenían que estar juntos, también podían estar casados. Así, al menos, él tendría ciertos derechos, sobre el niño y también sobre ella.

Sacó el teléfono sin apartar la mirada de Bronte, que parecía muy disgustada, y llamó a Lisa.

–Lisa, por favor, que suba mi equipo de abogados.

Bronte recibiría una generosa asignación mensual durante el resto de su vida. Y su hijo iría a los mejores colegios y universidades. Nunca les faltaría de nada.

–No me puedes obligar a casarme contigo, Lukas –le advirtió ella temblando.

–Sí, sí que puedo –la contradijo él–. Soy un hombre muy rico, Bronte. Ya vives en una casa que he comprado yo. Me ocultaste la existencia de mi sobrino durante tres años y has intentado hacer lo mismo con mi hijo. ¿Qué pensaría un juez si yo pidiese la custodia de ambos?

Anteriormente la había amenazado con pedir la custodia de Nico sin pensarlo, pero en aquella ocasión lo hacía conscientemente. El fin justificaba los medios. Aunque en las últimas semanas se le hubiese olvidado, aquello se lo había enseñado su padre con siete años. Si uno permitía que las emociones se interpusiesen en sus objetivos, no lograba dichos objetivos.

Bronte palideció.

–Yo pienso que podría ganar –comentó, pero le temblaba el labio inferior–. Sigo siendo la tutora legal de Nico. Tú solo hace unos meses que lo conoces.

–Porque tú me ocultaste su existencia –replicó Lukas.

–A petición de su madre, pero...

–¿De verdad quieres ponerme a prueba, Bronte?

–¿Por qué estás haciendo esto? –le preguntó ella–. Podrás ver a Nico y al bebé siempre que quieras. Compartiremos la custodia. ¿Por qué tenemos que casarnos?

Lukas no podía decirle la verdad. No quería sentirse débil, no quería depender de ella. Así que utilizó el mismo razonamiento que había utilizado Garvey cuatro horas antes, cuando había empezado aquella pesadilla.

–La empresa lleva cinco años trabajando e invirtiendo en la marca familiar de los complejos hoteleros de lujo y tú acabas de estropearlo todo. Los medios de comunicación ya están diciendo que quieres abortar de un hijo que es mío. Y el malo de la película soy yo, no tú.

–Pero si yo nunca he pensado en abortar. En esa clínica también informan acerca del embarazo.

–Entonces dirán que te he dejado embarazada y después te he abandonado –añadió él–. Según nuestros informes, son las mujeres las que deciden a la hora de elegir un destino de vacaciones.

–¿Me estás obligando a casarme contigo para vender paquetes de vacaciones? –inquirió ella con incredulidad.

–Estamos hablando de una inversión de cinco mil millones de dólares, que perderé, según mi experto, si no nos casamos –le aclaró él, aunque no fuese del todo cierto–. El proyecto de las Maldivas proporcionará, además, un medio de vida para más de veinte mil locales. Si el proyecto fracasa, esas personas se quedarán si trabajo. ¿De verdad quieres cargarte con semejante responsabilidad?

Lukas se dio cuenta de que había tocado la tecla correcta al ver la expresión de Bronte, que no tardó en negar con la cabeza.

–¿Qué quieres que haga?

–Emitiremos un comunicado de prensa esta noche y mañana nos iremos a las Maldivas, donde nos casaremos. Podríamos quedarnos allí una semana de luna de miel, hasta que abra.

Teniendo en cuenta lo que había ocurrido nada más llegar Bronte, Lukas estaba seguro de que podrían pasar ese tiempo juntos sin que él se implicase todavía más emocionalmente.

–Pero no puedo dejar a Nico solo toda una semana –alegó ella.

–Nico estará bien con Maureen. Podrás hablar con él por Skype todos los días. E incluso podrían venir los dos para pasar con nosotros un par de días.

–No, no quiero que Nico forme parte de tu campaña de publicidad –le dijo Bronte con firmeza.

Lukas sintió una punzada de deseo, pero lo que más lo desconcertó fue el sentimiento de admiración hacia ella. Aunque no pudiese volver a confiar en Bronte, como tampoco confiaba en nadie más, al menos sabía que sería una buena madre para su hijo. De hecho, ya era una buena madre para el hijo de su hermano.

–Nico no tiene por qué venir –admitió Lukas, obligándose a ocultar su decepción.

El niño habría disfrutado mucho de algunas instalaciones del hotel y él también habría disfrutado mostrándoselas, pero Bronte tenía razón, no tenía por qué meter a Nico en aquello.

–Garvey le dará un giro al tema –añadió.

–¿Puedo preguntarte algo? –le preguntó Bronte en tono cauto.

Él asintió.

–¿Qué ocurrirá cuando regresemos de la falsa luna de miel?

Lukas pensó que la luna de miel no iba a ser falsa. No iba a permitir que Bronte alegase después que el matrimonio no tenia validez porque no lo habían consumado, pero pensó que no era el momento de aclarar aquello. Una vez en las Maldivas, Bronte necesitaría distraerse tanto como él, sobre todo, teniendo en cuenta que iban a estar solos en el hotel.

–Después, supongo que yo tendré que mudarme a la casa de Regent's Park una temporada.

–¿Cuánto tiempo? –le volvió a preguntar ella.

«Así podré tenerte en mi cama y estar cerca de

ti, de Nico y de nuestro bebé, cada maldito minuto del día», pensó Lukas.

–Nico se va a confundir al vernos jugar a las familias felices –añadió ella en tono inexpresivo.

–Bueno, eso debías haberlo pensado antes, cuando me dijiste que tomabas la píldora –le dijo él.

Tener que vivir así sería una nueva tortura para Lukas, pero era evidente que a Bronte él no le importaba nada, nunca le había importado.

Ella se puso tensa y miró por la ventana. Estaba oscuro fuera. Luego se abrazó por la cintura.

A Lukas se le encogió el estómago, pero pensó que Bronte tenía que haberle contado que estaba embarazada mucho antes. Y que no tenía ningún derecho a parecer tan frágil, tan agobiada por la situación.

La agarró del codo para obligarla a mirarlo.

–Ya encontraremos la manera de conseguir que eso no afecte a Nico. Yo viajo mucho, así que, de todos modos, no pasaré demasiado tiempo en casa.

Entonces bajó la vista al vientre de Bronte.

–Cuando nazca el bebé, Nico estará demasiado ocupado con su primo como para preocuparse por lo que ocurre entre nosotros.

–Supongo que tienes razón, pero quiero que me prometas algo –le contestó Bronte.

Él asintió. No entendía que aquello le estuviese resultando tan difícil. Lo estaba haciendo por necesidad, para proteger a su hijo.

–No permitas que Nico se dé cuenta de cuánto me desprecias.

Lukas frunció el ceño.

—No te preocupes —respondió, pensando que no la despreciaba, que le era imposible despreciar a Bronte, aunque quisiera.

Capítulo 10

SÍ, QUIERO –murmuró Bronte, temblando de la cabeza a los pies en aquella playa de arena blanca.

El maestro de ceremonias continuó hablando, pero ella sintió que las palabras flotaban hacia el mar, un mar tan azul que le dolían los ojos al mirarlo.

Se sobresaltó cuando Lukas le agarró la mano con firmeza para ponerle el anillo. La alianza, de oro blanco, reflejó la luz del sol como burlándose de ella, y un fotógrafo se acercó a inmortalizar el momento.

Una suave brisa marina mecía las palmeras y ella tenía la sensación de estar en un sueño.

Lukas apoyó una mano en la curva de su espalda y la hizo avanzar hacia donde los esperaban los directivos del hotel y algunos trabajadores para felicitarlos.

–¿Cómo estás? –le susurró al oído.

–Bien, un poco cansada –respondió ella.

Lukas había estado demasiado pendiente de ella desde que había accedido a casarse con él dos días antes, lo que complicaba todavía más la situación.

Bronte deseó poder odiarlo por haberla metido en aquello, pero no podía. Estaba perdidamente enamorada de él.

Se obligó a sonreír durante la siguiente hora, mientras comían el banquete nupcial del que ella casi no pudo probar bocado.

Tendría que pasarse toda una semana fingiendo ser una feliz recién casada ante las cámaras, y mucho más tiempo fingiendo que formaba una familia feliz con Lukas en Londres, aunque en realidad solo podía desear que todo aquello no fuese una farsa. Volvía a sentirse como una niña pequeña ante la puerta de su padre, ansiando un amor que jamás podría recibir.

Por fin terminó la comida y Lukas la llevó hasta un carrito de golf. Dejaron atrás el hotel en el que se habían alojado la noche anterior.

–¿Adónde vamos? –preguntó.

Él la miró.

–A la casa en la que vamos a pasar la luna de miel. Está al otro lado de la isla.

Ella pensó que aquello no era realmente una luna de miel y sintió que se le rompía el corazón.

Llegaron a su idílico destino. Una casa con piscina en la parte trasera y un embarcadero en la delantera. El lugar no podía ser más romántico.

La luz anaranjada del atardecer teñía el agua cristalina del mar en el horizonte.

Bronte se quedó quieta en el embarcadero mientras un pequeño batallón de botones llevaba las maletas al interior de la casa. Maletas llenas de ropa nueva que Lukas había comprado para ella con la ayuda de una estilista, ya que durante los siguientes días realizarían varias sesiones de fotos juntos.

Solo de pensarlo se sintió agotada, aunque, mientras miraba hacia el mar, pensó que tener que posar durante seis días ante las cámaras no le resultaría tan duro como tener que pasar seis noches con Lukas.

«Venga, Bronte. Solo tú puedes estar en uno de los lugares más bonitos y lujosos del mundo, con un hombre muy atractivo del que estás enamorada, y sentirte así de mal».

La idea de estar tantos días a solas con él la había aterrado ya mientras se preparaba para el viaje.

—Entonces ¿ahora va a ser mi padre? —le había preguntado Nico el día anterior, justo antes de que llegase el coche de Lukas para llevarla al aeropuerto.

Oyó que llamaban a Lukas por teléfono.

Las olas golpeaban suavemente la plataforma, olía a sal y a flores, y Bronte se llevó una mano al vientre y se imaginó siete meses más tarde.

Iba a tener un hijo con Lukas. Un hijo que merecía que lo quisieran y cuidaran sus dos padres.

Tal vez Lukas no pudiese quererla a ella, pero ¿y a su hijo?

Se había visto obligada a casarse con Lukas, pero no tenía por qué doblegarse a él. Si no tenía la fuerza ni la confianza necesarias para luchar por ella, las encontraría para luchar por su hijo.

Oyó que Lukas se acercaba y se le aceleró el corazón. Él le dio un beso en el cuello, en el punto que sabía que la volvía loca, y Bronte se estremeció.

–¿Y si nos vamos directamente a la cama? –murmuró Lukas–. Esto del matrimonio tiene ciertas ventajas.

Ella se giró y apoyó los brazos en su pecho. Deseaba a Lukas y no tenía ningún sentido intentar negarlo, pero lo que había en juego era mucho más que sexo.

–Entonces ¿cuál es el plan? ¿Dormimos juntos, fingimos que estamos casados y, después? –le preguntó.

–No estamos fingiendo. Estamos casados. Has firmado los documentos.

Ella se apartó.

–¿Esos documentos que tienen fecha de caducidad? –inquirió ella.

Lukas frunció el ceño.

–¿Cuándo es esa fecha de caducidad? –continuó–. ¿Cuando nazca el bebé? ¿Cuando la prensa se convenza de que no eres un mal padre? ¿Cuando te aburras de acostarte conmigo? Porque imagino que esa decisión la vas a tomar tú, no yo.

–Eh, tranquilízate –le dijo él, agarrándola del codo y acariciándole la mejilla–. Estás cansada. Han sido unos días muy largos. No hace falta que durmamos juntos esta noche. Puede esperar.

Lukas esbozó una tensa sonrisa y después añadió:

–Pero debes saber que vamos a consumar el matrimonio, Bronte.

Bronte lo miró fijamente y, de repente, se le ocu-

rrió algo en lo que no había pensado hasta entonces. ¿Y si aquel matrimonio también significaba
más para Lukas?

¿Por qué había aceptado ella sus fríos motivos
para casarse?

–El sexo no va a solucionar nuestro problema,
Lukas –le dijo–. ¿Quieres saber por qué he accedido a casarme contigo?

Él la miró a los ojos con cautela.

–Porque te amenacé con quitarte a Nico –le dijo,
apartando la mirada.

Y Bronte se dio cuenta de algo que ya había sabido su subconsciente cuando él había realizado
aquella amenaza.

Lukas clavó la vista en su vientre.

–Y porque estás embarazada.

–Supongo que quise convencerme de que esos
eran los motivos –le contestó ella–, pero en realidad
es mucho más sencillo que todo eso. Accedí a casarme contigo, Lukas, porque te amo.

–¿Qué?

Bronte vio miedo en su mirada y no necesitó
otra respuesta.

–Por favor, Bronte, no digas eso.

–¿Por qué no?

Por fin había admitido la verdad en voz alta. Ella
también había estado asustada, le había dado miedo
admitir lo que sentía por él. No había querido que
volviesen a rechazarla, como había hecho su padre
años atrás. Y no le había contado antes que estaba
embarazada también por miedo a su respuesta.

Pero ya le daba igual. Porque lo cierto era que quería mucho más. Y merecía más. Ambos merecían mucho más. Y también su hijo. Pero, si quería más, iba a tener que luchar por ello.

Si permitía que aquel matrimonio estuviese basado en una mentira, si permitía que Lukas ocultase sus sentimientos como ella también había intentado ocultar los suyos, la posibilidad de construir algo, algo fuerte y real y que mereciese la pena, se perdería incluso antes de nacer.

–No debías haberte enamorado de mí –añadió Lukas–. Lo lamentarás cuando este matrimonio tenga que terminar.

–¿Y por qué tiene que terminar? –le preguntó ella.

–No me obligues a responder a eso.

–Respóndeme.

–Está bien –respondió Lukas, suspirando–. Antes o después se terminará, cuando te des cuenta de que... yo no puedo amarte a ti.

–¿Por qué no?

Lukas sintió que le arrancaban las entrañas. ¿Cómo podía haber llegado a aquello? ¿Cómo era posible que no lo hubiese visto venir? Bronte se le había vuelto a adelantar.

Y en esa ocasión no lo había hecho con su sensual cuerpo, sino con su generoso corazón.

Bronte no tenía ni idea de lo que estaba diciendo. Y él no había querido hacerle daño. La deseaba a pesar de saber que no la merecía. Y que jamás podría hacerla feliz.

Y ella estaba a punto de descubrir la verdad. Porque tendría que contársela, tendría que explicarle el motivo por el que estaba emocionalmente perdido a pesar de su dinero y de su éxito, perdido desde los siete años. Por ese motivo no había sido capaz de llorar la muerte de su hermano, por eso le había costado tanto establecer un vínculo con Nico, y por eso había intentado controlar los sentimientos que tanto Bronte como el niño despertaban en él.

–¿Qué ocurrió, Lukas? ¿Qué te hicieron cuando estuviste secuestrado? –le preguntó ella, levantando la mano para tocar la cicatriz, con los ojos brillantes por las lágrimas–. ¿Por eso te aterra tanto que me acerque a ti? ¿Todavía estás traumatizado por aquello?

Él le agarró el dedo y la apartó de su rostro, negó con la cabeza.

Clavó la vista en el mar y, con el estómago hecho un manojo de nervios, empezó a hablar:

–Después de aquello, estuve mucho tiempo mojando la cama por las noches. Tenía pesadillas, por supuesto. Después me costaba entrar en ascensores, no me gustan los espacios cerrados –admitió, dándose cuenta de que era la primera vez que lo decía en voz alta–. Me encerraron en una bodega. Yo estaba aterrado, aunque la verdad es que, salvo cuando me hicieron el corte para que mi padre pagase, el resto del tiempo solo me ignoraron.

–¿Recibiste ayuda psicológica? –le preguntó ella con preocupación.

Él se echó a reír.

–No exactamente. Mi padre, que siempre fue una figura distante en mi vida, me hizo pasar un día en su despacho de Manhattan. Un mes después del secuestro yo seguía mojando la cama y empecé a sacar malas notas en el colegio, así que me dijo que lo superase. Que era su heredero, no solo por ser el mayor, sino porque era el que tenía mejor temperamento, porque Alexei se parecía a nuestra madre. Era salvaje, caprichoso y fácil de distraer, me dijo. Un hedonista que no sabía el significado de las palabras responsabilidad y prudencia.

–¡Pero si solo teníais siete años los dos! –exclamó Bronte.

Él se metió las manos en los bolsillos de los pantalones.

–¿Sabes qué es lo más extraño? Que yo jamás cuestioné aquella información. Nunca pensé que el comportamiento de Alexei podía ser una llamada de atención, pero lo cierto es que Alexei ya se había dado cuenta, como me ocurriría a mí después, de que a mi padre no le importábamos nada ninguno de los dos.

–¿Y qué más te dijo tu padre, Lukas?

–Que no había querido pagar el rescate, aunque la policía le había sugerido que pusiese la operación en marcha. Alardeó de ello.

–¿Qué? –preguntó Bronte horrorizada.

–Me dijo que no lo había hecho por el dinero, sino por sus principios.

–Qué escoria –comentó ella en tono enfadado.

Y Lukas deseó sentir, pero se resistió. No quería volver a abrirse a semejante dolor.

–Lo cierto es que llevo toda la vida intentando ser tan frío, despiadado y cruel como él. Y lo he conseguido.

Ella le agarró el rostro para obligarlo a mirarla a los ojos.

–Eso son tonterías, Lukas –le dijo–. Jamás podrías ser frío ni cruel. Y, por cierto, valías mucho más de lo que pidieron por ti.

–Tienes que entender que no puedo quererte, Bronte –respondió él con voz ronca–. Porque ya no soy capaz de sentir esa emoción.

A Bronte se le llenaron los ojos de lágrimas, pero las contuvo. No quería venirse abajo en ese momento, porque entonces no sería capaz de decirle a Lukas todo lo que le quería decir.

–No sé qué piensas que es el amor, Lukas, pero no es ningún gran gesto romántico, sino todas las pequeñas cosas con las que demuestras a las personas que te importan.

–¿Me estás diciendo que no te importa amarme sabiendo que no te voy a poder corresponder? –le preguntó él, confundido–. Porque eso es una locura.

–No, no es eso lo que te estoy diciendo.

–Entonces ¿qué me quieres decir?

–¿Quieres que te cuente lo que me ocurrió a mí cuando era pequeña?

Él asintió bruscamente.

—Cuando yo era pequeña mi padre nos abandonó, a Darcy, a mi madre y a mí. Yo era tan pequeña que no me acordaba de él, pero me hice la imagen de un tipo ideal. Un día, mi madre nos contó que íbamos a conocerlo. Y yo estaba muy emocionada. Entonces mi padre nos abrió la puerta y ni siquiera nos miró a los ojos a Darcy y a mí. Le dijo a mi madre que había pasado página y que nos marchásemos, así que eso hicimos. Y aquella fue la última vez que lo vi.

—Qué cretino.

Bronte se obligó a respirar.

—Yo me quedé destrozada, pero intenté enterrar el dolor y me dije que me haría fuerte, que no volvería a querer a nadie, que me protegería de ese sentimiento que tanto daño me había hecho, que no permitiría que nadie me volviese a rechazar.

Había sido una tonta al no darse cuenta antes de que aquello era lo mismo que Lukas había estado haciendo con Nico y con ella.

—¿No te das cuenta de que tienes que protegerte de mí? —le preguntó Lukas—. Amarme solo te causará más...

—Shhh —lo acalló ella, tocándole la mejilla—. Lo que quería decirte es que, desde que te conozco, me he dado cuenta de algo muy importante. Y me he dado cuenta al verte con Nico y al estar contigo. Y no solo en la cama. Aunque no he sido del todo consciente hasta hoy, hasta que he dicho esos votos y he deseado que fuesen de verdad.

–Pero no pueden ser de verdad –insistió él, suspirando.

–Lukas... No he terminado.

Él frunció el ceño y Bronte sonrió.

–Después de haber ido a ver a mi padre, pasé meses reviviendo aquellos momentos en mi cabeza, deseando que todo hubiese sido diferente, pero, al conocerte, me di cuenta de que su reacción en ese momento no había cambiado nada. Porque mi padre nunca me había tratado con cariño, nunca había estado el día de mi cumpleaños ni en Navidad. No había estado a mi lado cuando tenía miedo o necesitaba que alguien me reconfortase. No había estado ahí porque había decidido no estarlo. Sin embargo, tú sí que has estado desde que te conocí, Lukas. Y me has demostrado, y le has demostrado a Nico, de muchas maneras, grandes y pequeñas, comprando la casa, donando tu médula, que te importamos. Y eso es amor.

–Lo de la donación fue una trampa de la genética –dijo él, todavía con el ceño fruncido–, Y la casa fue solo dinero.

–Pues yo le doy las gracias a esa trampa de la genética. Y no me importa cuánto costase la casa, sino que la comprases para nosotros. Porque querías que estuviésemos seguros. Lo mismo que cuando viniste hace tres días para enseñarle a Nico a jugar a la pelota, o cuando te pasaste horas construyendo una casa con Legos. Le has demostrado a Nico que te importa, aunque te asustase comprometerte. Y cada vez que has intentado convencerme de que me quedase a pasar la noche contigo en el ático, o cuando has insistido en que no salga sin guardaespaldas, me has demostrado que yo también te importo.

–He hecho lo que haría cualquiera en mi lugar, Bronte.

–¿Cualquiera? –inquirió ella, arqueando una ceja–. ¿Como tu padre, o el mío?

–No eran personas normales.

–Pero tú sí. A eso me refiero.

–Aunque fuese cierto, eso no significa que pueda daros a Nico y a ti lo que necesitéis. Emocionalmente hablando, quiero decir.

Bronte pensó que no necesitaba convencerlo de ello en ese momento, que ya se daría cuenta solo.

–No te preocupes por darnos nada, Lukas –le dijo–. Solo preocúpate de si quieres que este matrimonio sea algo más que un matrimonio de conveniencia, algo más que un contrato, algo más que darle un apellido a tu hijo, y que hacer que las personas que trabajan aquí no pierdan su empleo. Porque, si tú quieres que sea algo más, yo también.

–Sí, sí que quiero –espetó él, angustiado.

Y agarró a Bronte por la cintura porque no podía seguir sin tocarla ni un segundo más. Ella se puso de puntillas y le dio un beso en los labios.

–Pero ¿y si no puedo darte nada más que esto?

–No te preocupes –respondió ella con toda seguridad.

Lukas nunca había tenido tanto miedo.

Pensó que debía apartarse de ella, que no podía tener sexo con ella en esas circunstancias, pero la levantó del suelo y ella lo abrazó con las piernas por la cintura para que la llevase al interior de la casa.

Una vez en el dormitorio, la dejó en la cama y se desnudó mientras observaba cómo se desnudaba ella también. Y se tumbó sobre ella como un hombre hambriento. Intentó ir despacio, hacer que Bronte disfrutase lo mismo de él, y ambos llegaron al orgasmo al mismo tiempo.

Se dio cuenta de que había intentado convencerse de que se casaba para proteger su negocio, pero lo cierto era que le había aterrado la idea de dejarla marchar.

Bronte le agarró la mano y lo obligó a mirarla a los ojos.

—Te amo, Lukas, y voy a seguir amándote. Y, por el momento, no importa si piensas que no me puedes corresponder. Porque yo sé que sí puedes. Ambos lo sabemos.

Y le puso la mano en el vientre.

Lukas sintió que le picaban los ojos y que tenía ganas de llorar por primera vez en mucho tiempo.

—Pero ¿y si te hago daño? ¿Y si os hago daño a los dos?

Lukas parecía aterrado y perdido, y Bronte entendía cómo se sentía porque lo había sentido también.

Se sentó a horcajadas sobre él, se inclinó hacia delante y murmuró:

–¿Es esa tu manera de decirme que también me amas?

–Me has pillado –murmuró él.

Bronte lo besó, feliz, y él se echó a reír como para confirmarle que por fin se había rendido a su amor.

Epílogo

LUKAS, ¿qué tal la paternidad? ¿Os deja dormir el bebé?

—Bronte, ¿estás disfrutando de las primeras vacaciones desde que diste a luz? ¿Qué tal el nuevo hotel?

—Nico, Nico, salúdanos.

—El hotel es maravilloso —gritó Bronte mientras Nico tiraba de su mano para que se alejasen de los periodistas que los habían estado esperando en el Aeropuerto Internacional de Velana.

—No les des alas —le pidió su marido, abrazándola por la cintura.

—Pero quiero que sepan que el hotel es estupendo —dijo ella sonriendo.

—Hacerle publicidad no es tu trabajo —le dijo Lukas—, sino de Garvey. Y tendré que hablar seriamente con él, porque no pienso que sea casualidad que la prensa supiese dónde íbamos a cambiar de avión.

—Garvey solo hace su trabajo —comentó ella mientras subían al avión privado.

El personal de vuelo los saludó y después dejaron que se acomodasen para el último trayecto antes de llegar al hotel.

–Garvey va a tener que buscarse otro trabajo si vuelve a hacernos algo así. Ya le he dicho que no juegue con mi familia –continuó Lukas, acariciando la espalda de su hijo para tranquilizarlo.

Bronte pensó que no se parecía en nada al hombre al que había conocido un año antes, y que no podría quererlo más.

Sus vidas habían cambiado mucho en los últimos diez meses, habían tenido que acostumbrarse al matrimonio, a que formaban una familia y a la llegada de Markus, pero su amor no había flaqueado en ningún momento, y Lukas ya creía también en él.

Bronte le acarició la mejilla y sonrió, y la expresión de Lukas se suavizó, como lo hacía siempre que miraba a Nico, a Markus o a ella.

–Tu transformación, de soltero de oro a marido y padre entregado da muy buena prensa al negocio. Asúmelo –le dijo ella riendo.

–No empieces –murmuró Lukas, poniendo los ojos en blanco.

–Papá, papá, ¿adónde vamos? –preguntó Nico.

Y a Bronte se le encogió el corazón una vez más al oír que lo llamaba así.

Un día, Nico les había preguntado si, dado que no tenía padres, ellos podían ser sus papás. Y Lukas había sentado al niño en su regazo y le había explicado que, para él, era tan importante como el pequeño Markus, y que siempre lo sería.

Pero Nico le había explicado que su amigo Jake

le había dicho en el colegio que un tío no era lo mismo que un padre.

Y Lukas lo había mirado a los ojos de nuevo y le había dicho que, aunque sus padres hubiesen sido otros, a Bronte y a él también los podía llamar papá y mamá, porque eso eran para él.

Desde entonces, Nico había empezado a llamarlos de aquella manera todo el tiempo.

–¿Me llevarás a los toboganes acuáticos en cuanto lleguemos, papá? ¿Lo harás?

–Cuando lleguemos será de noche, Nikky –le respondió Lukas–. Así que no.

Nico hizo un puchero.

–Pero yo quiero ir, papá, llevo horas soñando con ellos.

–Para soñar tendrías que haber estado dormido –comentó Lukas–. Y creo recordar que no has dormido nada últimamente.

–Pero, papá...

–Nikky... –respondió él, imitando su tono de voz–. ¿Qué te parece si hacemos un trato? Tú te duermes ahora y duermes esta noche cuando lleguemos, y mañana nada más levantarnos te prometo que te llevaré a los toboganes.

–¿De verdad? –preguntó Nico abriendo mucho los ojos de la ilusión.

Lukas se puso en pie y miró a su hijo mayor mientras seguía acariciando la espalda del bebé.

–¿Alguna vez he incumplido una promesa? –le preguntó, muy serio.

El niño negó con la cabeza.

–Entonces ¿trato hecho?

Nico asintió con la misma vehemencia.

Y entonces se dieron la mano para cerrar el acuerdo.

A Bronte se le humedecieron los ojos de la emoción al verlos.

–Ahora, a dormir –le dijo Lukas a su hijo, dándole un beso en la frente mientras lo arropaba.

–Sí, papá, voy a soñar con los toboganes acuáticos –respondió este, somnoliento.

Lukas se echó a reír y salió de la habitación.

«Papá».

¿Quién habría pensado que una palabra podría significar tanto para él?

Mientras volvía hacia el dormitorio que compartía con Bronte, le dio las gracias en silencio a Darcy O'Hara.

No solo por haberle regalado a Nico, sino por haberle dado todo lo que tenía en la vida.

Entró en la habitación y se le aceleró el pulso al ver a Bronte dando el pecho a su hijo. Lukas se excitó y pensó que iba a ser una noche muy dura, porque cuando Bronte terminase de amamantar al niño, tendría que descansar.

–¿Nico está ya durmiendo? –le preguntó esta, bostezando y colocándose al niño en el hombro.

–Por supuesto. Hemos hecho un trato –le dijo él, dando suaves golpes en la espalda del niño–. ¿Por qué no te acuestas y termino yo?

–Gracias –respondió ella, volviendo a bostezar.

Bronte se quedaría dormida nada más meterse en la cama, así que él se ocupó de meter al bebé en la cuna y de esperar a que estuviese dormido.

Cuando volvió a la habitación, se la encontró sentada en la cama, con la sábana a la altura de la cintura y los pechos desnudos.

–¿Por qué no estás durmiendo? –le preguntó con voz ronca, excitándose de nuevo.

–Porque todavía no es mi hora –respondió ella en tono coqueto–. Y te estaba esperando. ¿Por qué has tardado tanto?

–He estado esperando a que te durmieras –admitió él–, porque no quería devorarte esta noche.

Bronte se echó a reír.

–¿Y si hacemos un trato? –le sugirió, estremeciéndose mientras Lukas la besaba en el cuello y la acariciaba entre los muslos–. Te prometo que me dormiré en cuanto me hayas devorado.

–Trato hecho –murmuró él.

La risa de Bronte se convirtió en gemidos en cuanto la penetró...

Y él sintió que había encontrado el camino de vuelta al hogar.

Bianca

Ella no sabía si podía aceptar sus condiciones

EL PRECIO DE SU LIBERTAD

Clare Connelly

Cuando la heredera Skye se enteró de que su matrimonio con Matteo estaba construido sobre mentiras, exigió el divorcio. Se le rompió el corazón al enterarse de que no había sido más que un peón en el juego de su marido. El tiempo corría y necesitaba su firma. Pero Matteo no estaba dispuesto a dejarla ir tan fácilmente... ¡el precio de su libertad era una última noche juntos!

Acepte 2 de nuestras mejores novelas de amor GRATIS

¡Y reciba un regalo sorpresa!

Oferta especial de tiempo limitado

Rellene el cupón y envíelo a

Harlequin Reader Service®
3010 Walden Ave.
P.O. Box 1867
Buffalo, N.Y. 14240-1867

¡Sí! Por favor, envíenme 2 novelas de amor de Harlequin (1 Bianca® y 1 Deseo®) gratis, más el regalo sorpresa. Luego remítanme 4 novelas nuevas todos los meses, las cuales recibiré mucho antes de que aparezcan en librerías, y factúrenme al bajo precio de $3,24 cada una, más $0,25 por envío e impuesto de ventas, si corresponde*. Este es el precio total, y es un ahorro de casi el 20% sobre el precio de portada. !Una oferta excelente! Entiendo que el hecho de aceptar estos libros y el regalo no me obliga en forma alguna a la compra de libros adicionales. Y también que puedo devolver cualquier envío y cancelar en cualquier momento. Aún si decido no comprar ningún otro libro de Harlequin, los 2 libros gratis y el regalo sorpresa son míos para siempre.

416 LBN DU7N

Nombre y apellido	(Por favor, letra de molde)	
Dirección	Apartamento No.	
Ciudad	Estado	Zona postal

Esta oferta se limita a un pedido por hogar y no está disponible para los subscriptores actuales de Deseo® y Bianca®.
*Los términos y precios quedan sujetos a cambios sin aviso previo.
Impuestos de ventas aplican en N.Y.

SPN-03   ©2003 Harlequin Enterprises Limited

DESEO

Mientras la nieve seguía cayendo,
las caricias de aquella mujer le hacían arder

Escándalo en la nieve

JESSICA LEMMON

El multimillonario Chase Ferguson solo se arrepentía de una cosa: haber abandonado a Miriam Andrix para protegerla del escrutinio público al que él estaba sometido.

Cuando una tormenta de nieve dejó a Miriam atrapada en su mansión en las montañas de Montana, la pasión entre los dos volvió a desatarse, imposible de resistir. Pero la realidad y el escándalo les obligaron a enfrentarse al presente. Chase ya había renunciado a ser feliz en una ocasión. ¿Se atrevería ahora a luchar por lo que realmente quería?

Bianca

**Los millonarios no se casaban
con camareras... ¿O sí?**

MÁS QUE
UN SECRETO

Kate Hewitt

Maisie Dobson, una joven estudiante que trabajaba como ca
marera, se disponía a atender una mesa cuando se quedó ho
rrorizada ante la intensa mirada de Antonio Rossi, el implacable
millonario que era, sin saberlo, el padre de su hija.
Rechazada después de una noche que a ella le había parecido
maravillosa, Maisie había mantenido el nacimiento de su hija
en secreto. Antonio estaba decidido a reclamar a su hija, pero
Maisie sabía que debía proteger su corazón...